護堂先生と神様のごはん

栗槙ひので Hinode Kurimaki

アルファポリス文庫

https://www.alphapolis.co.jp/

護堂先生と神様のごはん

Godo-Sensei and God's Meal....

目次

第一章　食いしん坊の神様

日本に八百万《やおよろず》の神ありといえども、食いしん坊の神様というのは、そういないような気がする。

豊穣《ほうじょう》の神など、人間に恵みを与えてくださる神様はたくさんいらっしゃるが、この神様は呆れるほど食べる側に専念していた。

それも、米や果物といった自然のままの供物《くもつ》より、人がこしらえた料理や菓子を大変に喜ぶのだ。

昔から食べ物の美味《おい》しそうな匂《にお》いに誘われては社《やしろ》を抜け出し、人里に降りては、つまみ食いを繰り返していたなんて、まるで神様らしくない。

そんな神様が、どうしてか私——護堂夏也《ごどうなつや》のような貧乏教師の家に居憑《いつ》いていたりする。

勤務先である中学の職員室で、切りのいいところまで終わらせてしまおうと、私は集中して授業用の資料をまとめていた。

ふと顔を上げれば、部屋に残っているのは、いつの間にか自分だけとなっていた。

窓の外はすっかり日が落ちて、藍色《あいいろ》に沈んでいる。部屋の隅にまで広がった静寂は、すでに校舎全体を満たしている頃だろう。

(ああ、もうこんな時間か……)

今年は初めて担任として二年生のクラスを持つことになり、担当教科である現代文の授業の他に、学級の仕事も増えた私は、いまだ新たな職務に慣れないでいた。

(いつかは担任のクラスを持って、生徒の成長を間近で見届けたいと思っていたし、頑張《がんば》らなくちゃな。教師自体、自分がなりたいと思って目指したものだし……)

ただ、自分には諦《あきら》めきれないもう一つの夢があった。

作家になることだ。それは、読書が好きだった子どもの頃からの憧れだった。

自分の作った物語が誰かの心を動かしたり、自分が死んだ後も作品が残るのは、とても素晴らしいことだと感じている。

そんな夢を密かに抱えたまま、私は三十路が目前になっても、休日はもやもやと一人空想にふけり、物語を書いて過ごしていた。

改めてそんなことを思い返しつつ仕事を片付け、誰もいない学校を出る。

校門前の銀杏《いちょう》並木の国道は、遠く山の方まで続いている。

学校から自宅までは、まだ田畑の多いこの田舎町の、起伏のある道をゆっくりと二十分ほど歩く。

冬はかなり寒いが、最近はすっかり暖かくなったので、だいぶ歩きやすくなった。考え事をするのに、ちょうどいい時間。

本当はそんなときにこそ創作のアイデアでも練られればいいのだが、いつも脳の大部分は授業や会議などの心配事に占拠されていた。

どんなに楽しいことを考えようとしても、それらは一向に立ち退いてくれないのだ。

途中、小さな商店街を通るが、この時間は大抵の店が閉まっているため、遅くまで開いている駅前のコンビニに寄って夕飯を調達する。

ここも二十四時間営業というわけではない。田舎の夜は早いのだ。辺りが暗いので、コンビニの青白い光は強烈に感じられた。店内に足を踏み入れると、明るさに目が眩《くら》みそうになる。

（今日もコンビニ飯か……）

余裕があれば自炊もするが、大抵は出来合いで済ませてしまっていた。

冷たいケースに整然と並ぶ三角形たちが、いつでも自分を待ってくれているだけありがたい。

（家で温かい食事を用意して待っていてくれる人もいないし、そんな人が現れる見込みも当分ないんだよなぁ……）

急に自身の孤独に思い至って、私は思わず天井を仰ぎ、空腹と強い光でまた少し目が眩んだ。

ビニール袋をぶら下げて店を出ると、再び暗闇の世界に取り込まれた。

そこからさらに緩やかな坂を登り終えたところで、ようやく我が家が見えてくる。

台風でもやってくれば、一息に朽《く》ち果ててしまいそうなこの古い日本家屋には、元々私の叔父が住んでいた。

「木造家屋は空き家にすると傷《いた》みが早いからなぁ……」

一年前の冬に叔父が亡くなった際、葬式はこの家で行われた。叔父は生涯独り身であったため、妻子はおらず、お世話になった近隣の住民がわずかに参列するだけの小さなものだった。

葬儀の後、私は父に呼ばれてある相談を受けていた。

「夏也、家賃は要らないから、引き取り手が見つかるまで、この家に住んでくれないか？」

この家は、父が子どもの頃に暮らした、いわば父の実家でもあるのだが、現在うちの家族は東京に住んでいたし、父はまだ田舎に引っ込む気がなく、他に父方の親戚もいない。

しかも、当時の私は隣町の中学校で教鞭《きょうべん》を執っていたが、ちょうど五月からこの町の中学校に赴任することが決まっていた。電車通いには不便な場所で、車も持っていない。隣町といえども、毎日山を越えて出勤するのはしんどいので、引っ越しを検討していたところだった。

そんな私にとってはまたとない話であり、父の申し出に二つ返事で承諾した。

あれからもう一年経つが、おそらく新たな引き取り手など本気で捜していないのだろう。いずれにせよ、給料も決して多くない自分には大変ありがたかった。


日が沈んでから帰り着いても、当然外灯は点いておらず、家の前は真っ暗だ。

それでも、月明かりにぼんやりと浮かびあがる古ぼけた屋敷は、いつも疲れた私を包み込むように迎えてくれた。

ただ何しろあちこち古いので、手入れは大変だ。しかし、この屋敷の佇《たたず》まいには、風情があると思えば、そう悪いものでもない。住み心地については概《おおむ》ね問題ないのだ。

（ある一点を除けば……）

鍵を押しつけるようにして回し、引き戸を持ち上げるようにして開ける。

だいぶガタがきているのか、この扉はそうしないと開かない。玄関の扉ひとつ取ってもそんな調子の古い家だった。

真っ暗な玄関に入り、くたびれた鞄《かばん》を床に置く。

すると、廊下の奥に広がる闇の中から、声が響いてきた。

「戻ったか」

暗がりから、白くぼんやりとした人影がゆっくりと近づいてくる。

私は手探りで明かりを点けて家に上がり、その声に返答した。

「ただいま、神様」

コンビニで嘆いたように、私は紛《まぎ》れもなく一人暮らしである。

ただし、人間の同居人はいないという意味でだ。

何を隠そう、私の同居人は神様なのである。にわかには信じがたいと思うが、ここは、庭付きの土地家屋、家財道具一式に、神様まで憑《つ》いた、昨今の通販番組を震撼《しんかん》させる超バリューセットであったのだ。

実際のところ、神様憑きの家がお得なのかはよく分からないが、欲をいえば、これで神様が美しい女神様であったら、私の毎日はもっと素晴らしいものだったに違いない。

しかし残念なことに、神様は三十路に差しかかるくらいの男性の姿をしていた。顔の造りに目立った特徴はないが、どこか人の（神の？）善さそうな顔をしている。

その表情は常に微笑《ほほえ》んで……というよりニヤニヤしていて青白かった。

体躯《たいく》は長身だが、痩《や》せているので、ひょろひょろと長細い印象だ。くるくると自由自在にはねた伸び放題の癖《くせ》っ毛は、白に近い銀色をしている。

また、服装も古ぼけた着流しで、現代日本に生きる我々から見ると、かなり異様な風体《ふうてい》だった。

もし街中《まちなか》で出会ったなら、絶対に話しかけられたくないし、極力目を合わせず、全力で避ける自信がある。

「腹が減ったぞ、すぐ飯にしよう！」

「はいはい、わかりました。今準備しますから」

私はコンビニ袋をぶら下げて、神様の横を通り抜け、居間へと向かった。

一緒に暮らしはじめた頃は、相手が神様ということもあって、多少緊張もしていたが、うちの神様の扱いは、このところ加速度的に適当になってきていた。慣れとは恐ろしいものだ。

それに、遠慮がないのは向こうも同じで、夕飯の支度をしているときに、おかずの切れ端をつまんでいくことなんてしょっちゅうだ。

「まだ作ってる途中なんですから、横からつまみ食いしないでください！」

「どうせできたらすぐ食べるんじゃから、別にいいじゃろ？」

「だから、まだできてないんですってば。まったく、仮にも神様なんですから、ちょっとくらい辛抱できないんですか⁉」

「わしがつまみ食いをやめない理由はな……」

神様は急に真剣な顔をしてみせた。

「……そこに、食い物があるからじゃ」

「なんか、言ってやった感出してますけど、それ全然大したこと言ってないですからね？」

大体毎日こんなくだらないやり取りをしているせいで、相手が神様なんだか子どもなんだか分からなくなってくるのだ。

「今日は遅くなってしまったので、コンビニのおにぎりとサラダですよ」

手を洗ってから座敷に腰を下ろすと、私はこれまた古びた卓袱台《ちゃぶだい》に先程コンビニで買ってきた夕飯を広げた。

神様も私の向かいに座り、期待のこもった表情で私の「お供え」を待った。

「ツナマヨか？」

以前、やはり帰りが遅くなった際に買って帰ったツナマヨネーズのおにぎりを、神様は大層気に入っていた。

「ええ、あと焼きたらこです。サラダは蒸し鶏と水菜に大根のサラダです」

順番に包みを解いて、おにぎりは白い皿に載せ、それぞれ神様の前に並べる。

「相変わらず食が細いな、たくさん食べねば大きくならんぞ?」

「この歳では、どうせ横にしか大きくなりませんからね。では、いただきます」

私は恭《うやうや》しく手を合わせ、頭を下げた。

まだ神様との暮らしが始まったばかりの頃、神様に食事を捧げる儀式には、何か決まったやり方があるのかと、尋ねたことがあった。そのときは、

「構わん構わん、わしに捧げようって気持ちさえあれば。なんかそれっぽい感じで、適当に頼む」

という、大層いいかげんな回答をちょうだいしたので、一応しっかり手を合わせて一礼してから食べはじめるのを習慣にしていた。

それを見届けると、神様は嬉しそうにツナマヨおにぎりに手を伸ばす。

蛍光灯の明かりに照らされて光る、パリパリの海苔《のり》。神様がそれをつかんで持ち上げれば、皿の上のおにぎりから「向こう側が透けた、半透明のおにぎりの幽霊」のようなものが引っ張り出された。

神様はそれをさも美味そうに頬張りながら、

「ツナマヨ好きじゃ〜」

と、幸せそうな顔をする。

神様は普段から実に色々なものを食べるのであるが、物体そのものは消費しない。

神様が食べ物を手に取ると、その食べ物から透き通ったもう一つの食べ物が、まるで幽体離脱でもするかのように現れる。

無論、幽体離脱なんて実際に見たことはないので、あくまでもイメージであるが。

神様の口に運ばれるのは、その半透明の幽霊の方であり、物体としての食べ物はそのまま皿の上に残っている。

だから、用意する食事はいつも私の分だけでよかった。

「そんなにがっつかなくても、食べ物の幽霊なんて誰にも横取りされませんよ?」

私はペットボトルのお茶を湯のみに注いで神様の前に差し出す。飲み物だけは、なんとなく別々に用意することが多かった。一緒でも別段問題はないのだが、同時に湯飲みに手を伸ばすとちょっと気まずいし、なんだか落ち着かないのだ。

「うむ、おにぎりにはお茶が一番じゃのう」

神様は満足そうに茶をすする。

私も一口お茶を飲んで、皿からおにぎりを取り上げて頬張《ほおば》った。幽霊の抜け出た食べ物は、別に味が薄くなったり、量が減ったりするわけではないが、少しひっそりとした印象になる。

おそらく気のせいだと思うが。

「この海苔の食感がまたたまらんのう♪」

神様はご機嫌だ。私ももう一口かじる。確かにコンビニのおにぎりは、海苔がパリパリしているのがいい。しっとりしたタイプも美味しいが、このパリパリした食感は他ではあまり味わえない。

二口目で具のツナマヨに到達した。初めてこれに出会ったとき、コンビニになじみのなかった私は、おにぎりの具材としてはいささか邪道に感じたものだ。だが、今ではすっかり好きな具の一つになってしまった。

（やっぱり日本人はマグロが好きなのかなぁ……）

と、食べながら、ついどうでもいいことを考えてしまう。

おにぎりの具のことよりも、もっと直視しなければならない不可解な現実が目の前にあるのだが。

私がぼうっとしながら食べていると、神様はぺろりと一つ目を食べ終わっていた。

「ここの店の握り飯は、塩加減がいいな。サラダのドレッシングはなんだ？」

「和風玉ねぎドレッシングですよ」

私は我に返って、小さなドレッシングの包みを取り上げた。切り口から慎重に開封し、炸《さく》裂《れつ》事故防止に努める。

「えぇーっ、ごまだれがよかったなぁ～」

神様は文句を言ったが、私は問答無用でドレッシングを余すことなくサラダにかけた。

「我儘《わがまま》言うんじゃありません」

もはやどちらが年上なのかわからない。無論、神様の方が数百年単位で年上であろう。

ただ、この神様は食べ物が好きだという以外、どこから来たのか、一体何の神様なのか、何も分かっていなかった。このままでは、ただの食いしん坊の神様である。

そんなことを考える私の視線を気にもせず、彼は文句を言いながらも美味しそうに大根と水菜の幽霊を箸でつまんでいた。

思えばこの奇妙な同居人との暮らしも、もう一年になる。慣れてしまうと早いものだ。

そう、あれは一年前のちょうど今くらいの季節だった。

この家に越してきて、初めて神様に出会ったときは、正直自分の頭が少しおかしくなってしまったのかと思った——

◇

借り物の小さなトラックに身の回りのわずかな荷物を載せて、私はこの古屋敷へとやって来た。幸いなことによく晴れていたので、荷物の搬入には手間取らずに済みそうだった。トラックの助手席には、引っ越しの手伝いをしてくれる、大学時代からの友人である宵山《よいやま》も乗っている。新生活には不安もあったが、引っ越し先の近くに知り合いが住んでいて助かった。それだけでかなり心強い。

それにしても、小学生の頃、夏休みに遊びに来た際は気にならなかったが、随分古い家だ。トラックを家の手前に停め、私は先に降りて敷地へと入っていった。

まず左手に庭が見えた。草木は夏へと向かう力に満ち溢《あふ》れており、生き生きと好き放題に繁っていた。玄関から続く踏み石らしきものも、すっかり雑草に埋もれてしまっている。

叔父が亡くなってからは誰も手入れをしておらず、すっかり伸びてしまったようだ。

庭に入ってぐるりと辺りを見渡すと、ユキヤナギやボケ、サツキやサルスベリなどが見て取れたから、また手入れをしてやればそれぞれの花の季節が楽しみになるだろう。

私の母は庭いじりが好きなので、いつの間にか私も草木の見分けがつくようになっていた。

外側の様子は把握できたから、私は家の入り口に戻り、建てつけの悪い玄関をガタガタと開けて、中に入った。

薄暗い玄関はシンと静まり返っている。外は日の光で暖かかったのに、ここはひんやりとした空気に満ちていた。三和土《たたき》から右手に続く廊下をそっと覗《のぞ》き込むが、当然ながら人の気配はない。

外から差し込む光に、空気中に舞い上がった塵《ちり》がキラキラと反射している。長い間人が住んでいなかったからか、廊下には薄く埃《ほこり》が積もっていた。

荷物を運び込む前に、まず大掃除をしなければならないだろう。内部はそんなに広くはないが、二階もあるというので、家中綺麗《きれい》にするには時間がかかりそうだ。せめて今夜の寝床にする部屋くらいは片付けてしまいたい。

私は表に停めてある、友人の待つトラックに戻り、掃除用具だけ担いで、裸足で屋内へと入っていった。

玄関から延びた廊下の突き当たりは階段になっている。少し身を乗り出して二階を覗いてみたが、先は暗くてよく見えない。いかにも何かが潜んでいそうな濃い闇に、私は少し身震いした。

（とりあえず二階はおいておき、宵山を呼んで一階の掃除に取りかかろう……）

廊下から襖《ふすま》を開けると、四畳半ほどの和室が二つ、襖で仕切れる形で並んでいた。埃を被ってはいるが、叔父が使用していたらしい茶箪笥《ちゃだんす》や卓袱台がまだ残っている。

（これは掃除をすれば、そのまま使えそうだな）

部屋に入り、さらに突き当たりの障子を開けると縁側があった。雨戸を開けば、暗い室内に眩《まぶ》しい光が一気に流れ込んでくる。

思わず閉じた目をそっと開けたら、先程見た庭が広がっていた。

南向きの縁側、日当たりは良好だ。読書をしたり、のんびり昼寝をするには最高の場所になりそうだった。

カタ……

何か音が聞こえた気がして、私は思わず振り返った。しかし、室内に別段変わったところはない。久しぶりに風を入れたので、何かが少し動いたのだろう。

私はそのまま廊下に出て、間取りの確認を続けた。北側には六畳ほどの和室があった。その隣が浴室、台所と続いており、突き当たりにトイレがある。北の和室には、特に何も置かれていなかったが、神棚らしきものが備えつけられていた。

「夏也、どうした？　何かあったのか？」

なかなか戻ってこない私を心配したのか、宵山がいつの間にかやって来ていた。私は慌てて振り向く。

「いや、ごめん。ちょっと部屋を見てまわってた」

玄関まで戻ると、彼がだいぶ荷物を運んでくれていた。

ちなみにこの宵山は下の名を勝彦《かつひこ》と言い、同じ大学の教育学部で同じゼミに通っていた。私と違って運動神経がよく、背も一回り大きい。中学の頃から陸上部に所属していたとあって、体は鍛え抜かれ、いつも日に焼けていた。

机に向かって読書か原稿かという生来もやしっ子の私とは、体の作りがまるで違う。今日の引っ越しでも、宵山の筋肉の活躍は大いに期待される。私のもやし筋には、明後日あたりにもれなく筋肉痛がもたらされるであろう。

部屋の掃除を終えて、二人で荷物を運び込み、気が付けば日が暮れかかっていた。

持ってきた荷物は今日のところは段ボールのまま積み上げておくが、いずれ収納の中も整理しなければならない。納戸や押入れの中も、叔父の荷物がそのままになっているはずだ。

私は試しに、神棚のある和室に入って、押入れを開けてみた。

布団が仕舞われている他は、特に目立ったものはない。思ったより叔父の荷物は少ないようだった。

(やっぱり気のせいかな……?)

私はそのまま襖を閉じようとした。

カタ……

しかしそのとき、また何かが倒れるような音が聞こえて、私は再度押入れの中を覗き込む。先程は気付かなかったが、今度は押入れの隅に置いてある古い鞄に目が留まった。叔父のものだろうか。

私は何だか気になって、その鞄を引っ張り出した。鞄自体は年季が入っているものの、丁寧に使い込まれた印象を受ける。中はほとんど空っぽだったが、内側のポケット部分から、これまた古くて分厚い手帳が出てきた。

何の気なしにパラパラと捲《めく》ってみると、丸く縮こまった字と落書きのような絵がびっしりと書き連ねてあった。

「たまご……焼き？」

どうやら、これらは料理のレシピであるらしい。確かに親戚の間でも、叔父は食通であることが知られていたが、料亭やレストランに通うだけではなく、自分でも料理を作っていたようだった。

そういえば幼い頃、父に連れられて、叔父と食事をしたことが何度かあった気がする。

確かに同じ時間を過ごしていたのに、叔父のことをあまり覚えていない。亡くなった叔父にはもう会えないが、彼が当時考えていたことが、この手帳の中には残っていた。

（この機会に、叔父のことをゆっくり思い返してみるのもいいかもしれない）

私はとりあえず手帳を鞄に戻し、片付け作業に戻った。

夕方までに一階は片付いたが、やはり二階までは手が回らなかった。引っ越しは、本当に体力を消耗する。普段の運動不足のせいもあるが、掃除に荷物運びにと動き回って、もうクタクタである。

縁側から臨むジャングルも、オレンジ色の光に照らされて、葉の影を濃くしていた。

「もう暗くなるからここまでにしよう。朝から本当にありがとうな。助かったよ」

「ああ」

私は財布を取ってくると、縁側に腰を下ろしていた宵山に声をかけた。

「腹減っただろ？　何が食べたい？　夕飯奢《おご》るよ。といっても、この辺りのことはまだよく分からないから、行きつけの店とかあったら教えてほしいんだけど……」

すると、宵山は肩にかけたタオルで汗を拭いながら振り返った。

「別に気にすんなよ。新生活は何かと物入りだろうし、今日は俺も暇で手伝っただけだからさ」

夕日に輝く笑顔である。外見も中身も爽《さわ》やかスポーツマンの宵山は、学生時代から女子にモテていた。

文武両道でイケメンという、実に羨《うらや》ましい人生を順風満帆に歩んだ宵山は、大学卒業後、実家のあるこの町の小学校で体育教師をしていた。子どもたちからもやっぱり人気があるらしい。

天は二物を与えずというが、彼に関しては、完全に与えすぎである。

「しかし、一日付き合わせてしまったし……」

私が躊躇《ちゅうちょ》していると、友人はトラックのキーを取り出して言った。

「じゃあ、坂下の肉屋に行こう。メンチカツを奢ってくれよ。あの店のは美味いんだ。お前も夕飯用に弁当でも買って帰ればいい」

そう言うと宵山は、すぐに立ち上がってトラックに向かってしまった。

確かに、今日はもうヘトヘトで、今から荷解きをして米を炊く気にはなれない。

（近所の様子も確認しておきたいしな……）

そう考えて、私もすぐ宵山の後を追った。

家を出て坂を下ると、突き当たりに肉屋がある。郊外の大きなスーパーに行くにはバスに乗る必要があるのと、この店は商店街の中でも遅くまで開いているので、宵山に教えてもらって以来、私は頻繁《ひんぱん》に通っている。今ではすっかり常連だ。

しかし、なぜかいつも店名を覚えることができず、私は心の中で勝手に「坂下《さかした》さん」と呼んでいた。

初めて訪れたその日は、普段あまり動かさない体を動かしたこともあって、ずらりと並んだ美味そうな惣菜や、揚げたてのコロッケ、鶏のから揚げを見て、すきっ腹が鳴った。

「どれも美味いぜ！　特に揚げたてのメンチは最高なんだ」

勧められるまま、私はメンチカツを買ってくると、まだ熱いくらいの紙袋を彼に手渡した。

宵山は早速取り出して、嬉しそうにかぶりつく。私も夕飯用にメンチカツを一つとから揚げ弁当を購入した。

宵山はメンチカツをふた口で平らげると、帰りにトラックも返してきてやると、颯爽《さっそう》と店を後にした。

（本当に、どこまでもいいやつなんだよなぁ……）

私は夕暮れの街に向かうトラックを見送り、今日から新たな住まいとなる、あの古ぼけた家へと歩き出した。

一人で坂道を戻りながら、ほかほかと温かい肉屋の紙袋を漁る。宵山の美味そうな顔を思い出しつつ、揚げたてのメンチカツを取り出して、ひとくち頬張った。

私はかなりの猫舌なので、口に入れた瞬間、予想以上にアツアツのメンチにはふはふしてしまったが、後からその美味しさが口の中に一気に溢れてきた。

（わ、美味っ……！）

衣はサクサクとしていて、中は肉の旨味がギュッと詰まっており、噛むほどにジュワッとした肉汁が口いっぱいに広がる。宵山の言う通り、素晴らしく美味かった。

メンチカツがあまりにも美味しかったので、から揚げ弁当もかなり期待できると、少しウキウキした足取りで家まで戻る。

ふと、道の端に目をやれば、坂の途中にお地蔵様が立っていた。小さな両手を合わせて少し首を傾げたお地蔵様は、「よかったね」とでも言うように、何だか優しそうに微笑んでいた。

私はすっかり気分をよくして、鼻歌交じりに家の前まで戻ってきた。すれ違う人もおらず、油断していたので鼻歌も幾分大きくなっていたと思うが、もう少しで家に着くというところで、突然声をかけられた。

「こんばんわ、はじめまして」

ビックリして振り返ると、四十代くらいかと思われる鶯色《うぐいすいろ》の割烹着《かっぽうぎ》を着た女性が、買い物籠《かご》を下げて立っていた。

いい歳をした大人の男が、一人で楽しそうに買い食いをして、鼻歌まで歌っている姿を目撃されてしまった。今すぐ穴とかに埋まりたい。

私はしどろもどろになりながら挨拶《あいさつ》を返す。

「こ、こんばんわ。あ、もしかしてお隣の……」

「ええ、隣に住んでいる西原《にしはら》です。今度護堂さんの甥っ子さんが越してくるって聞いていたんですよ。これからよろしくお願いしますね」

おばちゃんはにっこりと微笑んでお辞儀した。太っているというほどではないが、ふくよかな顔と体格で、温かい雰囲気の女性だ。

「護堂さんには、とてもお世話になっていたのよ。本当にまだ若いのに残念だったけれど、困ったことがあったら何でも聞いてね」

その言葉を聞いて私ははっとする。

（そうか、当たり前だけど叔父が生きている間も、彼女はずっとお隣に住んでいたんだ。叔父さんとも交流があったんだな……）

この人は、きっと私の知らない叔父の姿を、たくさん知っているのだろう。

「はい。ありがとうございます。あ、護堂夏也です。これから何かとご迷惑をおかけするかと思いますが、どうぞよろしくお願いします」

私はぺこりと頭を下げる。

「ええ、どうぞよろしくね！」

ニコニコと笑うおばちゃんは、私のから揚げ弁当の入った袋を見て——

「そこのお肉屋さんのお惣菜やお弁当、とっても美味しいのよ。特にメンチカツがね。もうご存知かもしれないけど！」

そう言って悪戯《いたずら》っぽく笑うと、彼女は坂を下《くだ》っていった。

（やっぱり見られていたか……。でもお隣さん、優しそうな人でよかった）

少しほっとして、私は家の門をくぐる。このときの私は、家の外ではなく、これから家の中で起こる奇想天外な出来事など、まったく想像してはいなかった。

日も沈み、玄関の中は真っ暗だった。手探りで壁のスイッチを押すと、電灯が鈍《にぶ》く点滅する。

久しぶりに電気を通されて、ゆっくりと伸びをしながら覚醒するように、明かりは柔らかく辺りを照らし出した。

南側の部屋に置いてあった卓袱台で夕飯にしようと思い、一度そこに弁当を置いてから、私は台所へとお茶を飲もうと湯を沸かしに行く。

台所には、三口のガスコンロが備えつけてあった。

奥の勝手口からも外へ出られるようだったが、雑草が生茂《おいしげ》っており、とても通り抜けられそうにない。今日のところは見て見ぬ振りをしておくことにする。

(しばらくは引っ越しの片付けで忙しいけど、書きかけの小説も進めなくちゃな……)

そんなことを考えながら小鍋で湯を沸かしていたら、久しぶりに火を使ったからか、埃か何かが燃えて、少し焦げ臭かった。

そうしてお茶を淹《い》れて部屋に戻ってくると、居間に誰かいた。

(ん……? 誰?)

この家には私以外に誰もいないし、戸締りもちゃんとしていたはずだ。

(ど、泥棒……⁉)

私は咄嗟《とっさ》に息を殺した。そいつは私に背を向けて、卓袱台の前に座っている。髪が長いが男のようだ。しかもその色が明らかにおかしい。白に近い銀色をしている。

(不良の泥棒だろうか……? いや、そもそも泥棒をするのは不良というか悪人だよな)

私は完全に混乱していた。

(こんなボロ屋敷に金目のものなんてないし、もし泥棒なら、なぜ卓袱台の前で悠長に座っているのだろう?)

そこに置いてあるものといえば、弁当くらいだ。

彼に気付かれないうちに、警察に通報した方がいいだろうかと考えたが、携帯電話も卓袱台の上であることを思い出して絶望する。

その瞬間、彼は振り返った。

「何をしておる。早く飯にせんか」

（えっ……？）

なんだろうこのナチュラルな振る舞い。何年も一緒に暮らしてきた家族のような当然な感じ。

（……これはアレか、オレオレ詐欺というものか）

電話回線越しではなく、リアル対面バージョンもあるとは知らなかった。古い家だから、ターゲットになりそうな老人が暮らしているとでも思ったのだろうか。

しかし、世のご老人方に、こんな着流しを着た銀色ふわふわ頭の息子なんてそういないだろう。自分の子供のあまりの変貌ぶりに、疑うどころか気絶しかねない。こんな具合でどこの誰が騙《だま》されるというのか。

「何をぼけっとしておる。茶が冷めるぞ」

そう言って男は、私に着座を促してくる。少し冷静さを取り戻した私は、男の言動にだんだん腹が立ってきた。

「だ、誰なんですか、あなたは？　人の家に勝手に入り込んで！　警察を呼びますよ！」

私が叫ぶと、彼はきょとんとした顔で言った。

「誰って……、神様だけど？」

「……」

（聞き間違いか？　カミサマって神様のことか？　一体どういうことだ？）

男は終始ニヤニヤしていたが、突然真顔になってひたと私を見つめ、ぶつぶつと呟き出した。

「護堂夏也、二十五歳。勉学はそこそこできたようだな。うん、人畜無害な性格で、真面目に大人しく生きてきた。今は半人前の教師をしているのか……嫁は……というか身近に女の気配は微塵もないな」

「ほっといてください！」

（こいつどこでそんな私の個人情報を……。まさか詐欺の標的は私？　事前に調べられていたのか？　しかし、私なんぞ狙ったところで、大金は手に入らないし、誰かに怨みを買った覚えもないが……）

突然の出来事に焦る私をよそに、自称神様はすっかりくつろいだ様子でこちらを見上げている。

「ふぅん、友和《ともかず》からなんも聞いとらんのか？」

彼の口から意外な名前が出てきた。

「友和……って、叔父の知り合いの方なんですか？」

友和は私の叔父の名前だ。だが簡単に騙されてはいけない。これが新手のオレオレ詐欺の手口かもしれない。とりあえず、表面上話を合わせて、こいつの本当の目的を探ろう。

「いや『知り合いの方』ではない。わしは神様じゃ。友和だけでなく、わしはもう、ずーっとこの辺りの人間を見守り続けておるのじゃ」

それまで猫背だった自称神様は、座ったままふんぞりかえった。

「わしは人間が作った美味いものを見るのが好きなんじゃ。もちろん、それをつまむのもな。友和も食べることが好きだった。やつ自身もよく料理をしたし、評判の店なんかにも連れていってくれたもんじゃ」

彼は何かを思い出すように遠くを見つめる。

（叔父といやに親しげだな……見た目は変でも、もしかして叔父のグルメ友達？　だがいくら親しいからといって、勝手に人の家に上がり込みはしないだろう、普通は。まあ見た目通り普通じゃないのだろうけど。それに、神様って一体……）

「あの頃はよかったのう……」

神様は深く溜息をついて、またふにゃりと猫背になった。

とりあえず、話を合わせて色々聞いてみるしかない。私はなるべく自然な風を装って尋ねた。

「神様って、ふつう神社とかの社に住んでいるんじゃないですか？　叔父がどうして神様と知り合いなんです？」

我ながら馬鹿馬鹿しい質問であるが、ひとつひとつ解決していかねばなるまい。

「それはな～」

神様は、長い癖っ毛の先を、人差し指でくるくるしながら答える。女子か。

「この辺りの山にわしを祀《まつ》った社があったはずなんじゃが、随分前に人里に下りてきて以来、人の暮らしを眺めているのが楽しくて、ずっと帰っていなかったんじゃ。あれよあれよという間に、この辺りの風景も様変わりしてしまってな、すっかり帰り道を忘れてしまった。そんなとき、友和と出会ったんじゃ」

（要するに迷子ってことか？　神様が迷子になんてなるのだろうか？）

「夕暮れ刻に、友和が美味そうな鶏のから揚げ弁当を下げて、この家に帰ろうとしているところに、たまたまわしが通りかかってな。友和はわしの姿を見るや、その弁当を捧げたのじゃ。実にいい心がけじゃ」

（きっとこの人……じゃなくて神は、から揚げの香りに誘われて叔父を散々付け回し、腹を空かせた野良犬のような目をして訴えたんだろうなぁ……）

彼とは初対面であるのに、なぜかその光景がありありと目に浮かんでくる。私は叔父の災難と優しさに感じ入った。

「友和にも、わしの社については色々と調べてもらったが、古すぎて地図にも、昔から住んでいる者の記憶にもなかったらしくての～」

（誰も参拝に来なくなった神社の神……気の毒な話だ。まあ、事実ならばだが）

「そうなんですか……。それでまた、うちに何のご用でしょう？　叔父は三月に亡くなりましたが」

核心を突いてみる。これでお金を貸してほしいとか言い出したら、すぐに追い出すつもりだ。

しかし神様は、少し目を伏せて寂しそうな顔をして言った。

「人がこちらにいる時間はあっという間じゃな。友和がいなくなってからは、この家にも誰も訪ねてこなくなってしまった」

（えーと……）

私は頭を抱える。

（……もしかして、棲《す》み憑いちゃってるパターンですか？）

だが、先程この家に着いたとき、玄関から部屋の中までずっと埃が積もっていたし、人が暮らしている様子なんて一つもなかった。

(まだ確認できていない二階にいたのだろうか？　それとも、本当に神様なのだとしたら、さっきの神棚の中……？)

「わしが社に帰れなくなった話を友和にしてからは、ずっとこの家で世話になっていたのだ。やつとの暮らしはなかなか楽しかったぞ」

(ここに住まわせていたのか？　こんな素性も分からない、謎の男と一緒に暮らしていた？こんな胡散臭《うさん》い話を鵜呑《うの》みにしたのか？　人が善いにもほどがあるぞ叔父よ……)

私が叔父の人柄に思いを巡らせていると、神様はから揚げ弁当を指差してせがんだ。

「というわけで、長いことこのから揚げ弁当もご無沙汰《ぶさた》しておる。早く食べさせてくれんか」

腑に落ちないことだらけであったが、私もお腹が空いていたし、渋々ながらも観念して、私は弁当の蓋を取った。中には美味そうな鶏のから揚げが五つも入っており、ちょっとしたサラダや卵焼きまで添えてあった。

「わ、美味しそう！」

「おおー！　これこれ！」

私が神様に割り箸を渡そうと戸棚へ向かっていたら、彼はよっぽど腹が減っていたのか、素手でから揚げに手を伸ばした。

まったく、お行儀の悪い神様である。私が半ば呆れて見ていると、次の瞬間、目の前で信じられないことが起こった。

神様がつまんだ「から揚げそのもの」はその場に留まり、代わりに向こう側がうっすらと透けて見える、半透明なから揚げがつまみ上げられたのだ。

「えっ⁉」

まるで、から揚げが一つ増えたように見えた。だが、神様はこちらの驚きなど意に介さず、その半透明の方のから揚げをもぐもぐと平らげ、次に半透明のブロッコリーをつまみ上げる。

「て、手品か何かですか？」

私が尋ねると、神様は不思議そうに首を傾げる。

「何がじゃ？　なんでわしが手妻《てづま》などするか」

「だ、だってその、から揚げから薄いから揚げが出てきて、その……」

怪奇現象を目の当たりにして狼狽《ろうばい》する私を気にする様子もなく、神様は答える。

「わしは神じゃからな。人の世界の『もの』そのものを取り込む必要はないのじゃ。わしが食べておるのは、貢物《みつぎもの》にこめられた『思い』じゃよ」

(ううむ。分かったような、分からないような……)

しかし、彼が神様というのは、もしかしたら本当なのかもしれない。

「えいっ」

私は思い切って、神様の肩に触れてみた。もしや幽霊のようにスカッと透き通ってしまうのではないかと思ったのだ。

(幽霊が本当に透き通るのかどうか、確かめたことなんてもちろんないのだけど……)

しかし予想に反して、私の手はちゃんと彼の肩に置く形になった。心なしかひんやりしているが、触れた感触は人の体となんら変わりなさそうだ。

神様は一瞬動きを止めたが、すぐに私の手を振り落とそうと、身を捩《よじ》った。

「なんじゃ、重いぞ。疲れるからやめい」

「体には触れられるんですね？　食べ物は幽霊しか食べないのに……」

呆然とする私の手から逃れて、神様は座り直すと説明を始めた。

「人の世にとどまれるように、わしは人の形に身をやつしておるのだ。だが、大概の人間には見ることさえできない仮の姿。友和にはわしが見えた。そしてお前もな。しかも、わしに触れることさえできるようだ。血筋なのかもしれんな……」

神様はそこで少し言葉を切った。切れ長の目がどこか遠くを見つめているようだった。

「だがこちらの『もの』に触れるのは、消耗するから、あまりせんようにしておる」

「なぜです？」

私が聞き直すと――

「うーん……不浄だからかの」

神様はきっぱりと答えた。

「そりゃ、悪かったですね！」

私はむくれて、座布団に座り直すと、ようやく弁当を食べはじめた。

一番大きなから揚げをつまんでかじりつく。

心地よい歯応えの、薄くサクサクとした衣。ジューシーな鶏もも肉の脂《あぶら》が、旨味となって広がる。私の強張った頬は、いとも容易《たやす》くほころんだ。

そういえば、叔父と神様の出会いのきっかけも、このから揚げ弁当だったのだ。

私がチラと顔を上げたら、神様は愉快そうに、こちらを見つめていた。

私は何だか気恥ずかしくなって、ごまかすように白いご飯をかき込む。

――全くおかしな話だとは思うが、これが私と神様との最初の出会いなのだった。

第二章　お隣さんと女神様

そんな訳で、食いしん坊の神様は、相変わらずこの古屋敷に棲み憑いていた。まるで幽霊が出そうなボロ屋敷だが、正真正銘神様が棲んでいるわけだ。

不可思議な二人暮らしは、二年目の初夏を迎えていた。

神様がいつも一緒だなんて、緊張してしまいそうなものだが、それも毎日のこととなると、次第に慣れてしまうのが人間というものである。

私は飽きもせず、進まない原稿に頭を悩ませながら、中学校で教鞭を取り、神様は楽しそうにご飯を食べて家でゴロゴロしていた。

金曜の夜。帰宅途中に坂下の肉屋に寄って豚バラを調達し、買い置いてあった野菜と一緒に簡単な炒《いた》め物を作って夕飯にした。

押入れで見つけた叔父のレシピに従って作ったら、色つやよくシャキッと仕上がったので、コツを覚えてからは、私の得意料理となっていた。

（冷静に考えると、やっぱり色々おかしいよなぁ……）

一缶だけビールを開け、やっと週末を迎える安堵感に浸りつつも、改めて自身の置かれている状況を顧みてぼんやりする。

私は箸を置いて、神様に尋ねるともなく呟いた。

「神様のお社って、一体どこにあるんでしょうね？」

神様は胡瓜《きゅうり》の漬け物の幽霊をぱりぱりと頬張りながら答える。

「さあな。この近くにあったことは間違いないが、景色が変わりすぎて何も思い出せん」

「叔父さんとも、かなり探したんですもんね……」

この一年の間、私も神様の社を何度も探したが、いつも何の手がかりも掴めずにいた。

◇

引っ越してすぐの頃にも、隣の西原さんに、近所に古い神社がないか聞いてみたことがある。

すると意外にもあっさりと、すぐそこにあると言うので、私はその週末、西原さんに教わった神社へ行ってみることにしたのだ。

その神社には、この辺りに住む人たちに昔から親しまれている弁天様が祀られているという。

（弁天様は確か女性の神様だったよな……？）

ということは、うちの神様の神社ではなさそうだが、この土地に根付いた信仰や伝承について、何かしら情報が得られるかもしれない。

「今日は弁天様に行ってみようと思うのですが、一緒に行ってみませんか？　神様のお社についても何か分かるかもしれませんよ？」

私が提案すると、縁側で日向ぼっこしていた神様は面倒臭そうに答えた。

「ああ、弁財天なら友和ともよく行っておったからのう。わしの社については何も分からんぞ？」

（う、やっぱりそうか……）

この辺りの氏神《うじがみ》様にあたるなら、叔父も何度もお参りに行っているだろうし、とっくに調べてもいるだろう。

「まあ、お前さんもこの土地で世話になるなら、一度挨拶に行くものいいじゃろうがな」

「そうですね、じゃあ行ってみましょうか」

「うむ、帰りにコンビニでおやつでも買って帰るのじゃ」

「コンビニは寄りません」

そんな感じで、散歩にでも行くような気持ちで出かけたのだが、この日私はまた不思議な体験をすることになるのだ。

昼食を済ませて外へ出ると、初夏の強い日差しが眩しく照りつけていた。この間引っ越してきたときよりも、庭の緑が一層濃くなっている。

あれからだいぶ手入れをしたので、ジャングル状態は改善し、サツキが見事に赤紫色の花を咲かせていた。猫や小鳥が遊びにやって来るようにもなり、休日には縁側から彼らが戯《たわむ》れる様子を眺めるのも楽しみになっていた。

門を出れば、隣のおばちゃんも昼食を終えたのであろうか、開け放たれた窓からは、食器を洗う音がする。レースのカーテンが風を受けて膨らんでいた。

時折吹いてくる柔らかな風が気持ちよくて、私と神様はのんびりと道沿いを歩いていく。

私の家から町へと下る坂は、途中で二手に分かれるが、今日は商店街へ繋がる右手の方ではなく、おばちゃんに教えられた通り、山側へとまっすぐ進む道を歩いた。

「ほれ、あそこじゃ」

神様が指差す方を眺めたら、左手に赤い鳥居と石でできた階段が見えた。鳥居の両脇には、町名と弁財天の文字が刻まれた石柱が立っていた。

鳥居を潜って、杉の木立に囲まれた階段を上っていく。辺りはとても静かだ。先程歩いてきた道とは、鳥居を境に空気が変わったような気さえする。

足元の階段には木漏れ日が注いで、ゆらゆらと揺れていた。どこかから鳥の声がする。

階段を上りきると、あまり広くはないが、静謐《せいひつ》な空気に満たされた境内に入った。ひんやりとした清らかな空気を吸い込んだら、なんだか頭が冴えてきたみたいだ。

私は息を整え、辺りを見回した。

「気持ちのいいところですね」

「一応、神域じゃからのう。あの奥が拝殿じゃよ」

参拝の前に身を清めなければならない。

私は手水《ちょうず》で手と口を清めてから、玉砂利《たまじゃり》を踏みしめてお社へと向かった。

「神様は手を洗わないんですね？」

「人間と違って清らかな存在じゃからのう」

さっき隣で普通にニンニク入りのラーメンをすすっていた口で何を言うのか。

面倒なので反論はせず、私は財布から五円玉を探り出し、年季が入った賽銭箱《さいせんばこ》にそっと入れた。鈴をカラカラと鳴らすと、深く二礼し、柏手《かしわで》をして静かに手を合わせ、目を閉じる。

とても静かだ。どこからか柔らかい風が吹いてきて、社の裏手辺りから鳥が飛び立つ音が聞こえた。

（今月越してきました、護堂夏也と申します。これからこちらでお世話になります。よろしくお願いいたします……）

心の中で挨拶をしてから顔を上げる。すると、お社の扉が半分開いており、中に何やら人影が見えた気がして、思わず目を瞠《みは》った。

失礼にあたると頭の隅では思いながら、つい中の様子を窺《うかが》ってしまう。やはり誰かいる。白い着物を着た、長い髪の女性であるらしかった。この神社の巫女《みこ》さんであろうか。

私が彼女の後ろ姿に見入っていると、ふいにその頭がこちらを向いた。さらりと、肩にしなやかな黒髪がかかる。

やがて白い肌が見え、目鼻立ちの整った綺麗な顔と目があった。これと言って特徴のない顔ではあるのだが、そこが人間離れした雰囲気を感じさせる。清潔感のある美しい女性だ。

私は勝手に中を覗き込んでしまったことにバツの悪さを感じて動揺したが、彼女は驚きもせず優しく微笑みかけてきた。

「護堂さんのところの、甥っ子さんね」

透き通るような美しい声だ。

「えっ？　あっ、はい……」

なぜ分かったのだろうか。私はますます混乱して、立ち尽くしてしまう。

「あの、貴女は……？」

やっとの思いで尋ねると、女性はくすりと笑って答えた。

「私はサザナミと云《い》います。高天原《たかまがはら》より、この地の氏神の任を賜わっております」

（……タカマガハラ？）

普段使わない単語だが、どこかで聞いたことがある。確か神々が住まう国の名前だった気がする。つまり彼女は――

「こ、こちらの神様ということでしょうか？……ということは、弁天様⁉」

私はこれまでも、様々な神社に足を運んでいるが、実際にそこで本物の神様にお目にかかったことなど、当たり前だが一度もない。

「しばらくじゃの、サザナミ」

「お久しぶりです」

（普通に会話してるし……）

今回あのボロ屋敷に引っ越してきて、うちの神様と出会うまで、私は金縛りも含めて、心霊現象（？）の類《たぐい》に遭遇した経験は一切なかった。

それなのに、今は神様同士が会話している様子を目の当たりにしているのだ。

（うちの神様と暮らすようになってから、私の体質はどこかおかしくなってしまったのであろうか……）

　ご近所の神様に挨拶に来たのは間違いないが、まさか祀られている神様本人と直接話をすることになるとは思いもしなかった。

（しかも、こんなに自然に、はっきりと目の前に現れるなんて……）

　うちの神様には、すっかり慣れてしまったが、神社にいらっしゃる本物の神様と現実に対面しているのかと思うと、私は何だか急に緊張してきた。

　サザナミ様はそんな私の様子を見て、またクスリと笑う。

「私は代理でこちらの地域を治めさせていただいております。そんなに緊張なさらないでください。まだ見習いの立場ですし、同じように弁才天様に仕える者たちの中でも、まだまだ経験が浅くて……」

「弁才天とはいえ、御大自ら全部の神社を治めとるわけではないからのう。日本全国の社に顔出しとったらキリがないわい」

「そうなんです。なので、本当にそう硬くならないでくださいね」

　サザナミ様は、私の緊張を解すべく優しく話しかけてくださる。

（神様なのに謙遜《けんそん》されるとは、どこかの神とは大違いというか……）

　いくらか落ち着きを取り戻した私は、ふと疑問が湧いてきて、彼女に質問した。

「あ、あの……、サザナミ様は私の叔父ともお話しされたことがあるのですか？」

「ええ、友和さんもよくこちらにいらっしゃっていましたよ。私の姿は見えないご様子でしたが、信心深い方でしたね」

そう言って、思い出すように目を伏せる。叔父には彼女の姿が見えなかったのだとしたら、直接うちの神様のお社については聞いていないのだろうか。

「ちなみに、うちの神様の社については、ご存知ないんですよね……？」

念のため尋ねてみたが、サザナミ様は静かに首を横に振った。

「そうですね……申し訳ないのですが、私はまだこちらに来たばかりで、過去の出来事については把握しきれておりません……」

「ここら辺のことについては、わしの方が先輩じゃな」

神様は得意げに胸を反らす。

「貴方がちゃんと覚えてさえいれば、わざわざ聞かなくていいことなんですけどね……」

私が呆れていると、サザナミ様は少し俯《うつむ》きながら口を開いた。

「この国には、八百万の神々と呼ばれるほどにたくさんの神が存在しますが、それは神が人の信仰を得てあらゆるものに宿るためです。しかし、一方で信仰を失った神が力を失って消えていくこともあります。この時代になってからは特に、神も妖怪も随分少なくなったように感じます。失礼ながら、そちらの神様の記憶が薄れてきたのも、元の社に人が集まらなくなってしまったことが影響しているのではないでしょうか……？」

「え……」

私はこれまで、日常生活において「人ならざる者たち」を意識したことなどないし、何か特別な思い入れがあったわけではない。しかし、サザナミ様の言葉にはどこか寂しさのようなものを感じた。

こんな図太い性格のうちの神様も、信仰を失えばいずれ消えてしまうのだろうか。

サザナミ様は、そんなことを考えている私に気付かれたのか、再び目を上げると励ますように続けた。

「とはいえ、どんな時代になっても我々が完全に消えてしまうことはまずありません。姿形は変わっても、人が存在する限り何らかの形では存在し続けるでしょう」

そのとき、辺りに風が湧き起こり、神社を囲む木々の葉が擦れて鳴った。サザナミ様とうちの神様の髪もふわりと揺れる。

「神は人が必要とする限り、ずっとそばにおるもんじゃ。時が経って変わるのは神ではなく、人の方じゃよ」

神様が珍しくもっともらしいことを呟く。

確かに、神や妖怪は時代を超えて信仰され、畏《おそ》れられ続けるが、その間に人間は何度も世代交代が行われ、時代も移り変わっていく。

（人の暮らしは変化し続ける。そのうち人が必要とする神の姿や、畏れる妖怪の姿も変わってくるのだな……神や妖怪に比べると人の命は随分と短い……）

二人の言葉に、私はぼんやりと考え込んでしまった。そしてふと、私の心にもう一つの疑問が湧いてくる。

「もし死んでしまったら……叔父は数ヶ月前に亡くなりましたが、人は死んだらどうなるんでしょうか？」

サザナミ様は少し驚いたような顔をされて、困った様子でうちの神様を見つめる。

神様はやれやれと溜息をつくと、面白そうに私の目を覗き込んだ。不思議な色の瞳が瞬く。

私はそれを見て我に返り、子どもでもあるまいし、何で今更そんなことを聞いてしまったのかと少し恥ずかしくなった。

「残念じゃが、その質問には答えられん。だが、友和はどこかでまだ旅を続けておるよ」

「えっ？」

私は神様の言葉が上手く理解できずに聞き返す。しかし、それを遮るようにサザナミ様が何か遠くの方を気にして慌て出した。

「いけない、私そろそろ御祈祷《ごきとう》に出かけなければなりませんの。もうすぐ人が来ます。ここに留まっていらっしゃると、宮司《ぐうじ》に妙に思われますから、今日のところは……」

　確かに社務所の方から、戸を開閉する音が聞こえた。

「あ、これは長々とすみませんでした！　また、伺わせてください！」

　叔父の話は一旦置いておいて、私たちはサザナミ様に頭を下げ、社の石段を下りた。

　そのまま鳥居の方へと向かい、何でもない振りをして、宮司さんの脇を通りすぎる。宮司さんは、特に私たちを気にすることもなく社の方へ向かっていった。

（神職の人でも、神様の姿は見えないんだな……まあ、そっちの方が普通か……）

「あの、さっきのはどういう意味なんです？」

　自宅へと歩きながら、私は神様に先程の話の続きを促した。

「その話をするには、おやつが足りないようじゃの～」

「ごまかさないでくださいよ！　あ、コンビニには寄りませんからね。また、色々勝手に手を出そうとするんですから！」

「ちぇ、交渉決裂じゃの～」

　結局、その後も神様にはぐらかされ続け、その日はうちの神様の社についても叔父についても何も分からずじまいであった。仕方なく、家に帰ってからは叔父の手帳を眺めたり、原稿に手を付けようとしたりして静かに過ごした（結局、原稿は進まなかったが）。

それからも何度か、弁天様には伺ったものの、叔父や神様のことをじっくりと話す機会には恵まれなかった。

「まあ、社のことはそんなに急がんでもよい。見つかったところで、誰も来ないのなら、そんな寂しいところでじっとしているのは御免じゃよ」

と、当の本人が悠長なことを言うので、私も最近は積極的に神様のお社を探していない。神様との暮らしが嫌なわけでもないし、むしろ家に帰ったときに誰かがいてくれると、少しほっとするのだ。

（もし、私がこの家に越してこなければ、神様は消えてしまったのだろうか？）

食べるものにはうるさいけれど、神様との暮らしは悪くない。

もう少しこのままでいいかなと思いながら、いつの間にか時は過ぎていった。

◇

炒め物を食べた翌日。土曜日の今日は学校も休みで、外はよく晴れていたから、朝のうちに敷きっぱなしの布団を干したり、窓の拭き掃除を済ませたりした。

重い布団を二階まで運ぶのは、運動不足の体にはだいぶ堪《こた》える。この家の二階は一階より少し手狭な分、広いベランダとして使える屋上があった。

ベランダからは通りや、反対側の丘陵《きゅうりょう》地帯に続く田畑も見下ろせる。

都会に比べると、空の面積がうんと広い。この季節、朝の爽やかな空気を楽しみながら、ベランダから眺める空や緑はとても素晴らしかったので、休日のんびりできる朝は、よくここでぼんやりとしていた。

家の前の通りでは、隣のおばちゃんが掃き掃除をしている。

そんな風に一息ついてからは、朝からずっと炊事洗濯に勤《いそ》しんでいたのだが、家事をこなす私の傍《かたわら》で、神様は相変わらずダラリと横になって庭を眺めていた。

「毎日そんなにゴロゴロしていて飽きないんですか？」

私が呆れて問いかけると、神様はそのままの姿勢で、すっかり脱力した声で答えた。

「わしは毎日の飯が楽しみで楽しみで、今はこうして昼食の時間になるのを楽しみにしておる。こんなに幸せなことはないぞ」

「……」

確かに幸せそうな毎日である。私は返す言葉が見つからなかった。

「そういえば、昔友和の友人の店で食事をしたが、あれは美味かったなぁ～」

「叔父の友人？　って……誰ですか？」

そのとき、玄関の呼び鈴が鳴った。

「は～い！」

こんな時間に誰だろうと思いながら、私は神様の答えを待たず、すぐに玄関に向かった。

つっかけを履いて引き戸を開けると、隣のおばちゃんが血相を変えて立っている。

「護堂君、突然ごめんなさい……お願い、助けてくれる⁉」

だいぶ息も上がっているようだ。おばちゃんのこんな様子を見るのは初めてなので驚いてしまった。

「だ、大丈夫ですか？　何があったんですか？」

おばちゃんは胸に手を当てて息を整え、途切れ途切れに事情を説明しはじめた。

「朝、掃除をしていたら、目を離した隙に姿が見えなくなって……急にいなくなってしまったの……慌てて近所を探し回ったんだけど、どこにも見当たらなくて……あの子にもし何かあったとしたら、私……！」

（あの子？　子どもが行方不明ということか？）

おばちゃんの慌て具合に、思わず私も身を強張らせたが、ここで私まで混乱してしまってはいけない。

確かおばちゃんは、旦那さんを亡くされてから一人暮らしだったはずではなかったか。親戚の子でも預かっていたのだろうか。

「あの、その子って……」

「お願い護堂君！　あの子を助けて！」

おばちゃんはもの凄《すご》い勢いで私の肩を掴むと、激しく揺さぶった。

「え……は、はい、協力しますので、その子の特徴を……」

私は揺さぶられながらも努めて冷静に質問しようとしたのだが、彼女は再び興奮しはじめてしまった。

「ああ！　こうしている間にもどこかで怪我をしているかもしれない……！　私、もう一度探してくるわ！」

「あの……」

そう言うと、おばちゃんは急に走り去ってしまった。

迷子ならまず警察に連絡すればいいと思うが、勝手に私が通報するわけにもいかないし、このまま彼女を放っておくのも気が引けた。

「なんじゃ、騒がしいのう？」

とりあえず、おばちゃんを追いかけて詳しい話を聞き直そうと考えていたら、奥から面倒臭そうに神様が顔を覗かせた。

「実は……」

私は簡単に、今のやりとりを神様に説明する。

「そういうわけなんで、私も一緒に探してきます」

「しかし、おばちゃんの探し物について、お前さんはよく分かっとらんのじゃろう？」

「はい……まあ、そうなんですけど……」

「ふーむ、仕方ないのう。アドバイス料はしゅーくりーむで手を打ってやろう」

そう言って、神様は開けっ放しの玄関から外へ出ていってしまった。

「え、神様がなんとかしてくれるんですか⁉」

私は慌ててつっかけからスニーカーに履き替えて、急いで彼の後を追う。

（なんだ、いざというときは頼もしいところもあるじゃないか）

神様は私の質問には答えず、黙ってすいすいと坂を下っていく。

私はその後を早足でついていった。彼は商店街へは向かわずに、そのまま左手に延びるカーブに沿ってまっすぐ進み。

やがて見覚えのある石柱と鳥居を、迷いなく潜った。

（ん？　ここに迷子が？）

私は不思議に思いながらも、神様の後を追って木漏れ日の落ちる石段を上った。

しかし上まで来ても、昼前の弁財天の境内には誰もいない。

「……もしかして」

神様はふわふわと癖っ毛をゆらして拝殿へ向かった。

私たちが賽銭箱の前に立つと、社の奥から美しい女神が顔を覗かせる。

「あら、お二人とも今日はどうされたのですか？」

「こいつの探し物に、ちと協力してほしいんじゃよ」

「ええ⁉　神様が解決するんじゃないんですか⁉」

「そうじゃ、神様が解決してくれるんじゃよ」

神様はそう言ってニヤリと笑う。サザナミ様は不思議そうに小首を傾げた。

（さっき見直して損した……）

仕方なく、私はサザナミ様にことの経緯を説明し、隣のおばちゃんの酷い慌てぶりを伝えた。

「まあ、それは大変だわ。護堂さんのお隣さん……西原さんの奥さんね。彼女がそんなに慌てるということは……ちょっと待ってくださいね」

サザナミ様はその場に正座すると、静かに目を閉じた。

しばらくの間、静寂が訪れる。私は固唾《かたず》を飲んで、瞑想する彼女を見守った。

やがて、サザナミ様はゆっくりと目を開き、そして柔らかく微笑んだ。

「大丈夫。無事ですよ。お家を恋しがって、もう近くまで帰ってきているみたい」

そう言って、彼女はまた目を閉じて話を続ける。

「そうね。これは何かしら……？　小さな実がなりはじめているわね。梅桃《ゆすらうめ》かしら？　お家のお庭の……その木の上にいるみたい」

「え？　木の上？」

「ふむ、よかったのう。氏神の力にかかれば、氏子のことは何でもお見通しじゃよ」

「神様では見つけられなかったんですか？」

「他にやれる者がおるときは任せればいいのじゃ。疲れるからのう」

「サザナミ様を目の前にして、それ言っちゃいます……？」

うちの神様とくだらないやりとりをしていると、サザナミ様はまた笑った。

「氏子を見守るのが氏神の務めですから、構いませんよ」

「仕事熱心な氏神で感心じゃの」

「なんでニート神の方が上から目線なんですか……」

「あ、でも、彼女の気が変わらないうちに迎えに行ってあげた方がよさそうですけど……」

サザナミ様は、また目を瞑って呟いた。

「彼女」というと、迷子は女の子なのだろうか。しかし、居場所が木の上とはこれ如何《いか》に。

「あ、ありがとうございました！　すぐに迎えに行ってきます！」

とりあえず急いだ方がよさそうなので、私はサザナミ様にお辞儀をして、早々におばちゃんの家へと駆け出した。

今度は私の後から神様がついてくる。

「夏也、しゅーくりーむ！」

「迷子が先です」

何かモヤモヤした気持ちのまま、坂を駆け上がり、息も絶え絶えに西原家の門を潜って庭を目指す。

「じゃー後は大丈夫じゃろ？　わしは先に帰っとるから、後でしゅーくりーむな」

「はいはい、分かりました！」

私は神様を置いて玄関の右手に回った。すると、我が家の庭と接している側に垣根があり、その奥にぽちぽちと小さな赤い実をつけた木が生えているのを見つけた。ユスラウメの実だ。

小さい頃に食べた記憶がある。さくらんぼのような味がして、とても美味しかった。

しかし、こちらから眺めても、木の上に子どもの姿など見えない。

そもそもユスラウメの木の枝は細く、とても人間が登れるような太さではなかった。

近づいてみても、やはりそこに人の姿はなかったが、私は葉の陰になった細い枝の一つに「彼女」を見つけた。

（なるほど、そういうことだったのか）

事態の真相を悟って安堵の息をはくと、走り回った疲れが一気に出てきて、私はその場にへたり込んだ。

「はぁ……商店街にもいなかったわ……」

その後すぐに、おばちゃんが戻ってきた。肩をがっくり落とし、すっかり憔悴《しょうすい》しきっている。

「ちゃんとお家に帰ってきましたよ」

そんなおばちゃんに、私はユスラウメの木の枝を指差し、微笑みかける。

「えっ⁉　あ……文子《ふみこ》！」

おばちゃんはこちらに駆け寄ってきて、小枝にとまっていた小さな文鳥を両手で包み込んだ。

文鳥は逃げようとはせずに、大人しくその手の中に収まっている。

「ああ、無事でよかった……」

そう、おばちゃんは心底安心した様子だ。

おばちゃんが探していたのは人間の少女ではなく、白い羽根をした小さな文鳥だったのだ。

おばちゃんは、手のひらに包んだ文子ちゃんの様子をじっと観察していたが、怪我がないことを確認すると、私の方に向き直って深く頭を下げた。

「護堂君、本当にありがとうね。せっかくのお休みの日に振り回してしまってごめんなさい」

「いえいえ、無事に見つかって本当によかったです」

文子ちゃんも、おばちゃんの手に包まれて安心しているように見えた。

しかし、こんなに小さな文鳥を、ほぼ瞬時に見つけることができたなんて、サザナミ様はさすが神様である。

一方で、神様のくせに何の躊躇もなく神頼みに走り、シュークリームまで要求するうちの神様は本当に神様なのであろうか。

後でサザナミ様のもとへお礼に伺わなければと考えていると、元気を取り戻したおばちゃんが満面の笑みで言った。

「もしよかったら、今日の夕飯うちで食べていかない？　ぜひご馳走させてちょうだい」

文子ちゃんが無事に見つかって、嬉しくて仕方がないといった感じだ。サザナミ様のことを考えてぼんやりしていた私は、急に我に返って慌てた。

「えっ？　いやいや、お気遣いなく……」

「遠慮しないで。どうせ作るなら誰かに食べてもらえた方が作りがいがあるもの。もし嫌じゃなかったらぜひ！」

（そうか……嬉しいけど、どうしようかな……）

私自身は構わないのであるが、神様を連れてお邪魔するわけにもいかない。いくら姿が見えないといっても、彼の自由すぎる振る舞いに動揺して、私の挙動がおかしくなることは目に見えている。

（まあ、今夜は宵山と飲んでくるとでも言おうかな……）

私は神を欺《あざむ》く算段を腹の中で済ませ、小さく頷いた。

「じゃあ、お言葉に甘えて……」

それを聞くと、おばちゃんは頬をほろこばせて嬉しそうに頷いた。

「十八時過ぎにいらっしゃい。美味しいの作っといたげるから。今日は本当にありがとうね！」

そう言って、彼女は文子ちゃんと一緒に家の中へと入っていった。神様をごまかす自信はあまりなかったが、ひとまず私もコンビニでシュークリームを調達してから帰宅することにする。

商店街まで坂を下り、コンビニに向かっていたところ、道の先から歩いてくる一人の女性に私は目を奪われた。

(み、美帆《みほ》先生……!!)

私と同じ中学校で教鞭を取っている神岡《かみおか》美帆先生だ。

(ど、どどどうしよう⁉)

さらさらと風に靡《なび》く黒髪も、大きな瞳と白い肌も、商店街のアーケードの下だというのに眩しく光って見える。彼女はとびきり美しいばかりでなく、赴任したばかりの私に大変親切にしてくれた心優しい女性であった。

そんな素晴らしい人物に心惹かれない理由はない。私が彼女にすっかり心奪われるのに時間はかからなかった。

(プライベートな時間にお話しできる機会なんてそうないぞ……)

そう思いながらも、段々と近づいてくる彼女の発つ強力な光に、私は向かっていくどころか、気圧《けお》されはじめていた。

（ま、眩しい……待てよ、今日は特に外出するつもりもなかったし、服装がゆるゆるだ。寝癖も残っていたかもしれない……こんな姿を彼女に見せては、逆に印象が悪くなるのではなかろうか⁉）

私はいつの間にか、脳内で逃げる口実を錬成し、あっという間に道の端まで走り寄って身を潜めてしまった。

そっと背後を確認する。彼女は私に気付いた様子もなく、反対方向に歩いていってしまった。

（うう、せっかくのチャンスが……い、いや、これは先々のための前向きな逃避だ）

我ながら何を言っているのかよく分からないが、こんな調子で恋心を抱いている自覚はありつつも、彼女との距離は一年かかっても一向に縮まっていなかった。

「護堂君、そんなとこでどうしたの？」

「ふわ！」

呼ばれて振り返ると、八百屋の親父さんが不思議そうに私を見ていた。どうやら私は八百屋の店先に身を寄せていたらしい。

「あ、あの………キャベツください」

「おお、いいの入ってるよ！　そうだ、甘夏《あまなつ》一個持っていきな。たまには果物も食べた方がいいぞ！」

「あ、ありがとうございます……」

親父さんはニッカリと笑い、私に瑞々《みずみず》しいキャベツと甘夏を持たせてくれた。

私の一年は、八百屋の親父さんとの距離はしっかり縮めてくれていたのだ。

（そっちじゃないんだけどな……）

通りに戻り、振り返ることのない私の女神様の後ろ姿をそっと目で追ってから、私は大人しくコンビニへと向かったのであった。


商店街から帰宅したら、スニーカーを脱ぐ間もなく神様が飛んできて「遅いー、昼飯はまだか」とせっついてきた。

「誰のためにコンビニまで行ってきたと思ってるんですか？」

「おお、これはこれは」

神様は嬉しそうにコンビニのビニール袋に手を伸ばしたが、私はそれをひょいと避ける。

「デザートはご飯の後です」

「むむ……」

走り回って汗をかいたので、一度着替えたかったのだが、私はそのまま台所へ直行し、昼食の準備に取りかかった。

後ろから神様に急かされながら、スピード重視で冷凍海老とイカ、新鮮な例のキャベツを取り出して、塩焼きそばを作る。

炒めはじめると、胡麻油の香ばしい香りが漂い、自分も思い出したようにお腹が空いてきた。

時間もなかったので、塩だれは既成の調味料を適当に組み合わせて作った。叔父の手帳に書いてあったレシピだ。以前、サラダを買ってドレッシングを買い忘れたときにも参考にしていた。

(帆立缶があればもっと美味くなるのになぁ。汁まで使うと全体的に旨味が出て味がだいぶ変わるんだけど、やっぱり少し値段が高いんだよなぁ……)

そんな心残りはありつつも、ささっと用意した塩焼きそばを、神様は心底美味しそうに食べてくれたので、私はとりあえず安心した。

「うむ。美味いな！　やるではないか！」

神様は色々と注文が多いが、いつも私の作った料理を食べては、こんな風に幸せそうな顔を見せてくれる。

一人暮らしだったら、当然こんなことはなかっただろうし、これが結構嬉しかったりする。

あんまり無邪気な様子なので、これから嘘をつくことに少々胸が痛んだが、ご近所トラブルは全力で避けたい。

機嫌もよさそうだったため、食べ終わってから、今夜宵山と出かけるという嘘を切り出してみたのだが、そこはやはり神様だけあって、

「あの筋肉と飲みに行くような顔には見えんな。何かわしに隠しとるじゃろう?」

と、あっさり見抜かれてしまった。私が観念して白状すると、神様は案の定連れていけと聞かない。

「わ、し、も、い、く!」

神様は、私に物凄い勢いで詰め寄り、息がかかるほどの距離で訴えかけてくる。おそらく瞳を凝視されているのだろうが、近過ぎてもはや焦点が合わない。

私は茶箪笥に背中がつくまでじりじりと後ずさる。

卓袱台の上には、つい今しがた食べ終わった昼食の皿が載っているが、私は神様に目を合わせられないので、その白い皿ばかりをひたすら見つめていた。

「いや、おばちゃんが招待してくれたのは私であって、神様まで連れていくのは何だか図々しいかなと……。それに、彼女には神様の姿が見えないから、私も何だか挙動不審になってしまうし……」

私はようやく顔を上げて抗弁する。

「見えないからこそ問題ないじゃろう。お前の分の飯から、わしがつまむだけなんじゃから、おばちゃんは何も損をしとらんし」

神様は引かない。

（確かにそうだけど……）

そんなやり取りを繰り返しながら、家事をこなしていたら、あっという間に十七時すぎになってしまった。

抵抗虚しく、ああ言えばこう言う神様に屈した私は、最終的に彼を連れていくことに決めた。

（変な空気にならないように、できる限り頑張ろう……）

私が十八時ちょうどにお隣を訪ねると、すぐにレモン色の割烹着を着たおばちゃんが出迎えてくれた。

「いらっしゃい。ゆっくりしていってね」

「こんばんは、お邪魔します」

私は神様と一緒に、橙色《だいだいいろ》の明かりに照らされた玄関に入る。

おばちゃんの家にお邪魔するのは初めてだ。自分の家とはまた違った、でもどこか懐かしい家庭の香りがする。

「さ、上がってちょうだい。こっちで手を洗ってね。ちょうどできたところよ。たくさん食べていって！」

やはりおばちゃんには、神様は見えていないようだ。

彼女が私のすぐ隣に立っている神様の方へ目線を合わせることは一度もなかった。そのまま無邪気に手招きをしながら、私を奥へと案内してくれる。

おばちゃんの家もだいぶ古いが、うちのお化けの出そうな（実際、似たようなものが出ている）日本家屋とは違い、もう少し現代風の造りをしていた。

生活感がにじみ出る居間は、どこか私の実家と雰囲気が似ている。洗面所に何気《なにげ》なく置かれたタオルや歯ブラシも、自分とは違う誰かの日常を感じさせた。

手を洗って居間に戻ると、食卓に案内された。木製のテーブルの上には、実に様々な料理が並んでいる。

焼きそら豆、菜っ葉のおひたしや茄子《なす》の漬け物、油揚げのお味噌汁《みそしる》、艶《つや》やかなきんぴらごぼう、焼魚は大きな鯵《あじ》だ。中でも私は豚角煮と煮玉子の盛り合わせに目を奪われた。

「こりゃ美味そうじゃの！」

神様が早速手を伸ばそうとするのを、私は目で制止する。まあ、おばちゃんには神様の姿が見えていないのであるが。

「すごいご馳走ですね！　こんなにたくさんご用意いただいてしまって、何だか逆に申し訳ないです……」

「いいのよ！　食べてくれる人がいると思って、つい張り切ってしまったの。さあ、たんと召し上がれ！」

一人暮らしでは、こんなご馳走を作ることはないので、久しぶりの豪華な食事に私も神様もワクワクしていた。

「では、いただきます！」

まずは、油揚げのお味噌汁を一口いただく。出汁の旨味と温かさが、すきっ腹に染みた。気になっていた角煮は、よく味が染みてほろりと柔らかく、噛み締めるとじわっと美味しさが口の中に広がり、白いご飯とよく合った。

粒の立った熱々の炊きたてご飯は、それだけでも最高に美味しい。

煮玉子は箸で半分に割ると、中からトロッとした濃い黄身が覗《のぞ》き、ほどよく半熟であった。

おばちゃんの料理は、どれもこれもとても美味しくて箸が止まらない。神様も嬉しそうに、どんどん箸を伸ばしている。

「そんなに慌てなくても大丈夫よ！」

「すみません、どれも美味しくてつい……」

「お前さんがいつもわしに言う台詞《せりふ》じゃの」

神様は私が言い返せないのをいいことに、こちらに向かってニヤニヤしながら呟いた。

そうした神様のちょっかいは無視しつつ、夕飯を囲みながら、おばちゃんと私は今朝の出来事や文子ちゃんの話などをした。話を聞くうちに、一人暮らしのおばちゃんにとって、文子ちゃんがどんなに大切な存在かがよく分かった。

私に相手をされないと分かった神様は、あれこれ自由につまんでいるので放っておいた。

やがて、話題はおばちゃんの亡くなったご主人のことに移った。

「この角煮と煮玉子、本当に美味しいですね！」

「そう？　嬉しいわ、それだけはうちの主人も褒めてくれたのよね」

おばちゃんは、昔を懐かしむように目を細める。

「主人は料理にはうるさかったから」

隣のご主人は、ホテルで料理人をしていたそうだ。好奇心が旺盛《おうせい》で、創作意欲が高い人だったらしい。

休日は新しい食材を探して、遠くまで買い出しに出かけることもあり、気になった食材のためであれば、自ら山奥まで分け入ってしまうほどであったそうだ。

私が興味深く話を聞いていると、おばちゃんが戸棚から色々出してきてくれた。季節メニューのアイデアや料理の写真、レシピもたくさん残っていた。

料理の写真はどれも独創的で、皿の上には四季の食材が色とりどりに調理され、盛りつけられていた。

素材の特徴を活かしつつ、意外な組合せから新しい美味しさを引き出した料理で、周囲の人々をいつも驚かせていたそうだ。

確かに、棚の上には何かの賞と思われる盾がいくつも飾られていた。写真立ての中で、コック帽を被ったご主人が誇らしげに微笑んでいる。

それから、旦那さんの話をするおばちゃんも、とても楽しそうで誇らしげだった。

「私ね、あなたの叔父さんにちょっとやきもちを妬《や》いたことがあるのよ」

おばちゃんは、湯呑みを置きながら呟く。

「やきもち？　叔父にですか？」

突然、自分の叔父の話になってちょっと驚いた。神様は夕飯を食べ終えて満足したのか、勝手にソファに移って寛《くつろ》いでいる。

「いくら妻でも、お仕事や男同士の趣味の世界には口を挟めないものよ。友和さんとうちの主人は、よく料理のことで語り合ったり、休日に一緒に出かけたりしていたわ。だから私、ちょっと淋しかったの。それに友和さんは私なんかより、とってもお料理上手なんですもの」

おばちゃんは口に手を当てて笑った。

「護堂さんのお家は何代か前に料理店もやっていたんでしょう？　家系なのかしら。料理が得意な者同士、気が合ったのねえ」

生前の叔父の人付き合いや、暮らし振りについては、これまで全く知らなかったので、私はあの物静かな叔父の意外な一面を知って驚いた。

一人でいるのが好きそうな人だと思っていたから、まさかお隣同士でそんなに深いお付き合いがあったとは思わなかった。

（その頃はもう、神様も一緒に暮らしていたのだろうか）

私はチラリと神様の様子を窺う。神様は、広げたままになっていた料理の写真やレシピを、ニヤニヤと楽しそうに覗き込んでいた。

そんな叔父たちの思い出話に、当時の様子を想像しながら耳を傾けていたら、時間はあっという間に過ぎてしまった。気付けば二十一時すぎだ。

そろそろお暇《いとま》しようと、おばちゃんに挨拶して席を立つ。片付けを手伝うと申し出たのだが、丁重に断られてしまった。

玄関を出て空を仰げば、もう星が瞬いていた。明かりが少ないので、この辺りの星空は特別輝いて見える。夜風はそれほど寒くない。

おばちゃんもわざわざ外まで出てきてくれた。

「本当にご馳走様でした。とっても美味しかったです！」

「お粗末様でした。来てくれてとっても嬉しかったわ」

おばちゃんは手を振って優しく微笑んだ。

叔父は普段から、こうしてお隣さんと、お互いの家を行き来していたのだろうか。

私には、叔父と過ごした思い出がほとんどなく、父からたまに話を聞く他は、叔父については何も知らないに等しかった。

彼の葬式に出たときも、あまり死の実感が湧かなかった。

むしろ、この家に越してきて、神様と暮らすようになってからの方が、叔父の存在が私の中で少しずつ濃くなってきている気がする。

しかし彼とはもう、直接会って話せないのだ。私が今、叔父という存在に触れることができるのは、あの古ぼけた手帳と家、神様やおばちゃんの中に残された記憶だけだ。

「あの」

少し躊躇《ためら》ったが、私は思い切って言ってみる。

「よかったら、今度うちにもいらしてください。私はあんまり料理とかできないけど……その、また聞かせてください。ご主人と、私の叔父のこと」

私は素直に、もっと知りたいと思っていた。自分の叔父のことを。

おばちゃんは大きく頷くと、また満面の笑みを浮かべた。

「ええ、もちろんよ！」

本当に素敵な笑顔だった。

勇気を出して伝えてよかった。おばちゃんとの距離が少し縮まった気がして、私も何だか嬉しくなった。

「おばちゃんの料理、美味かったの～」

神様は帰るなり畳の上に身を投げ出して、だらしなく伸びている。本当にぐうたらな性格であるが、これでも一応神様なのだから、世の中不思議は尽きない。

今日は朝から色々なことが続いて、どっと疲れた。私も座布団に腰を下ろす。

（とんだ食いしん坊と二人でお邪魔しちゃったけど、上手くごまかせてよかった……）

私は安堵しつつも、あんなに美味しそうにおばちゃんの手料理を食べていた神様の姿を、当の本人にも見てもらえないことが少し残念に思われた。

自分の作ったものを美味しそうに食べてくれる人がそばにいるというのは、結構幸せなことなのかもしれない。

旦那さんを亡くした今、そうした人がおばちゃんにはいなくなってしまったのだ。

そう思ったら余計に、私はまたおばちゃんの手料理を食べに行きたいと思った。そして叔父についても、もっとよく知りたい。

もしかすると叔父は、この家や手帳だけでなく、風変わりな神様や隣のおばちゃんとの御縁も遺してくれたのかもしれない。

(友和はどこかでまだ旅を続けておるよ)

ふいに神様の言葉を思い出した。

叔父はきっと、今でもどこかで美味しいものを探して旅を続けているのだろう。その隣には、西原の叔父さんもいるのだろうか。

時間を気にしない、親友と辿《たど》る趣味の旅。確かに、なんだかとても羨ましい気がしてきた。

第三章　家出の座敷童子

お椀の蓋を取ると、きざみ海苔と出汁の良い香りが、湯気とともにあふれた。

たっぷり入った鶏肉を、たまごが上品に包み込んでいる。

坂下の商店街にある藪中《やぶなか》という蕎麦屋《そばや》の親子丼は、蕎麦屋特有の出汁の染みた鶏とネギが、たまらなく美味い。

ごはんと一緒にかき込んで、付け合わせの煮物や、ちょうどいい塩加減の蕪《かぶ》の漬け物をつまみながら、私は幸福感に満たされていく。

今日は給料が出たばかりなので、奮発して昼から外食をしてしまった。無論、神様も一緒についてきており、私の前でにこにこと親子丼の幽霊を一緒に食べている。

「うん美味い！　ここの親子丼はやっぱり美味いぞ！」

神様は上機嫌で、箸を握り締めてはしゃいでいる。

（……静かに食べてくださいよ！）

私は小声で注意したが、神様はあっけらかんと蕪《かぶ》を噛みながら答えた。

「大丈夫じゃよ。どうせお前以外にわしの姿は見えないし、声も聞こえないからのう」

神様と外出をしたときに、一番困ってしまうのがこれであった。私以外の人間に神様の姿は見えないし、声も聞こえないので、私が神様と話していると、まるで私が一人で喋っているかのように見えてしまう。

一人暮らしで彼女もできず、ついに幻覚でも見えはじめたのかしら可哀想に……などと、ご近所に思われてしまってはかなわない。

(やはり一刻も早く美帆先生との距離を縮めて、幸せな姿をみなさんにお披露目しなくてはならないな……)

私が勝手な決意を固めていたら、ガラリと戸が開いて、威勢のいい声が響いてきた。

「お〜、戻ったよー!」

ご主人が出前から戻ってきたのだ。私は思わず振り返ったが、神様はそんなことは意に介さず、親子丼の幽霊をかき込んでいる。

「お疲れ様です」

ご主人の声を聞いて、奥さんが厨房から顔を覗かせた。

ここの蕎麦屋は、およそ七十近いであろう老夫婦が切り盛りしている。長年苦楽をともにしてきたからか、配達先や街の様子を楽しそうに話すご主人と、それをにこにこ聞いている奥さんは本当に仲睦《なかむつ》まじく、見ていて気持ちが温かくなる。

（あんな夫婦になれたら幸せだろうなぁ……）

私はぼんやりと、幸福な家庭を築く未来を夢想した。無論、優しい妻は美帆先生だ。

「何をぼーっとしとるんじゃ？」

「な、なんでもありません……！」


その後、親子丼を平らげて満腹になり、支払いを済ませに店の奥を見る。すると、ご主人の昼食だろうか、胡麻塩のお握りが二つと、美味そうな香りのするイカの煮付け、茄子の漬物が並べられていた。

（今日はもう、お腹いっぱいだけど、あの煮物も美味しそうだな……）

などと考えていた私の隣を、物凄い速さで人影がすり抜けようとした。

私はそれを超えるスピードで、素早くその影の前に立ち塞がる。

「……行かせませんよ」

「うぬぬ……」

私は危うく店の奥へ侵入しようとする神様を制し、厳しく睨みつけながら囁いた。

もし誰かが見ていたなら、なぜあの人は急に蕎麦屋のレジ前で真剣な顔をしたまま反復横跳びをキメたのだろうと思われたにちがいない。

（これだから、外食に連れてくのも一苦労なんだよな……）

美味そうなものを見つけた際の、この神の行動力ときたら、バネでもついているかのような凄まじい速さなので、外出時は特に目が離せない。ふいに猛烈ダッシュをかます幼児を連れている気分だ。

ただ、あのイカの煮物は確かに美味しそうだ。次来たときに是非注文してみたい。そんなことを考えつつ、私はお釣りを受け取って店の外へ出た。

まだ梅雨明け前だというのに、強い日差しが降り注いでいる。暑さに顔を伏せると、店先にお握りのかけらを載せたお皿が、そっと置いてあるのに気が付いた。

まだ若そうな小さな雀が、ちょこちょこと跳ねながら、嬉しそうにそれをついばんでいる。

「胡麻入りだな。雀のくせに贅沢《ぜいたく》なものだ」

言って神様は目を細めた。老夫婦の温かな心にまた少し触れられた気がして、私も自然に微笑んでしまった。

商店街に行くたびに、神様はいつも八百屋や魚屋、豆腐屋まで、くるくると店先を覗いて回る。新鮮な食材を眺めているのが楽しくて仕方がないらしい。

最初は、神様がつまみ食いをしないか心配で、いちいちそれについて回っていたが、幽霊をつまみ食いされて困る人間はそういないはずだ。買うつもりもないのに私が店先をうろつけば冷やかしになってしまうので、最近はある程度放っておいている。

ふと、アーケードの先を眺めたら、向こうから見覚えのある少年が歩いてくるのが見えた。自分の担任しているクラスの神岡奏汰《そうた》だ。

彼は中学二年生にしては小柄で華奢《きゃしゃ》な体つきをしていた。穏やかで明るく、大変真面目な性格であるが、何より特筆すべきは、私が敬愛して止まない美帆先生の弟君なのだ。

「あっ、護堂先生！」

奏汰は、こちらに気付いて手を振ると、ぱたぱたと駆け寄ってきた。

下の子らしい人懐っこさで、担任の私のところへも、よく休み時間や放課後に、友人たちと連れ立ってくる。

奏汰は読書が好きで、本好きの私と話をするのが楽しいらしかった。彼の好みは把握しているので、気に入りそうな小説を紹介したり、手元によさそうな本があれば貸したりもしていた。さすがに私が小説を書いていることは秘密にしていたが。

彼は私が顧問をしている図書委員にも所属している。放課後、貸し出しカードのチェックをしながら、図書室で宿題を済ませてしまうことも多いという。

「先生もお買い物ですか？」

奏汰はこちらまでやって来ると、私を見上げるようにして尋ねた。姉も相当な美人であるが、彼もまだ幼さが残るせいか、女の子に見えなくもない綺麗な顔立ちをしている。

(ああ、彼はこれからこの袋を下げて、美帆先生のいる家に帰るのだ。彼女に会えるのであれば、買い物なんていくらでも代わってやるのに！)

「あの、先生？」

言われて私は、慌てて妄想の世界から舞い戻った。

「あ、ど、どうした？」

奏汰は私の動揺には気付かず、きょとんとこちらを見上げている。

「あの……突然申し訳ありませんが、後で先生のお家に寄ってもいいですか？　その、この間お借りした本を返しに……」

そう言われて、そういえば先月発売された某妖怪シリーズの新刊を、奏汰に貸していたことを思い出す。

「ああ、わざわざ家まで来なくても、学校で返してくれれば構わないよ？」

私が不思議に思って返答すると、奏汰は少し躊躇してから、やがて意を決したように言った。

「あの、実は以前……護堂先生の住んでいらっしゃるお家のお話を伺って……その、ずいぶん古いお家だって……。それで僕、今読んでいる小説にもそういうお家が出てくるので、ちょっと気になってしまったんです。伝統的な日本家屋に一度伺ってみたいなって……勝手を言ってすみません。もしご迷惑でなければ！」

奏汰は期待のこもった目で私を見つめている。

（なるほど、そういうことか……）

確かに我が家のことは、何かの機会に生徒に話した気がする。それに、ハマっている小説の世界に憧れて、色々と調べたり、その舞台となった場所に行ってみたくなる気持ちは分かる。

（ただ、うちは本当にオンボロなだけだが、ご期待に添えるだろうか……。いや、妖怪というか神様はいるんだけど……）

神様の存在については不安もあったが、この間のおばちゃんの家ではうまくやり過ごせたということもある。おやつをお供えして、二階でおとなしくしていてもらえば、大きな問題は起きないであろう。

そうやってしばらくの間思案していたが、やがて私は奏汰の真剣な眼差しに耐えられなくなってしまった。

「随分と熱心だな。今日は（も）用事がないし、まあ家に来てくれても構わないけど……」

（どうせなら、美帆先生も連れてきて！）

とは、死んでも言えない。

「本当ですか！　ぜひ伺わせてください！」

奏汰は輝く笑顔で返答した。

「……うん、じゃあ気を付けてね」

「はい！　では十七時頃に伺います！」

簡単に家までの道程《みちのり》を伝えると、奏汰は嬉しそうに帰っていった。

彼の背中を見送ってから、私も和菓子屋の前に張りついていた神様を回収し、帰路につく。

「わしの豆大福が〜！」

「……貴方のじゃないでしょう？　売り物を盗み食いしないでください」

「夏也が買って、わしに供えてくれればわしの物じゃ。うむ、豆大福を買って帰るお前さんの未来がわしには見える……！」

「それ、今日ではないみたいですよ」

私は冷たく言い放ち、神様の襟首《えりくび》を掴んでずんずんと歩いた。

自宅へ戻り門を潜ると、長く伸びた庭木が目に入った。

（今日はお客様も来ることだし、夕方まで少し手入れでもしようか）

そう思い立ち、私は少し休んでから二階の納戸へ道具を取りに向かうことにした。二階には三部屋あるが、使いきれず物置にしている部屋もある。

（この家、本当に男一人には広すぎるよな。優しい妻と、子どもが三人くらいいればちょうどいいのに……）

という妄想はさて置き、枝切り鋏を探さなくては。

ボロ屋敷の階段はやはり古いので、一段一段上がるたびに、キシキシと音を立てる。何だか底が抜けそうで怖いため、いつもそっと上っていた。

わざわざ上下階を行き来するのも面倒に思い、普段は一階で過ごすことが多く、夏場は寝起きも一階でしていた。二階は主に書斎や物置として利用しており、集中して物語を考えたり、学校から持ち帰った仕事を片付けたりする他は、あまり足を向けていない。

そんなこともあって、私は以前から薄暗い階段の先にある二階には、少し不気味な印象を抱いていた。

階段を上って手前の部屋の文机には、しばらく手をつけられていない原稿用紙が積み上がっていた。

（……大丈夫、そのうちきっといいアイデアが降りてくる……そうしたら一気に書けばいいい

のだ）

心の中で言い訳を唱えつつ、物置き部屋の扉を開けると、夏の日差しに温められた空気が、むっとこもっていた。この部屋は真夏になるともっと暑くなる。

中に入って鋏や脚立《きゃたつ》を漁っていたところで、ふと背後に人の気配を感じて、私は慌てて振り返った。

（誰もいない……？）

廊下を見るが、階段へと続く廊下にも誰の姿もない。

（神様かな？　おやつを買ってもらえなくて不貞腐《ふてくさ》れ、ついさっきまで一階の縁側で寝転がって庭を眺めていたみたいだけど……）

奇妙に思い、道具を持って階下へ向かうも、やはり神様は先程と変わらぬ様子で、庭に遊びに来ている猫を楽しそうに眺めていた。

（つまり先程の気配は……）

背中がぞわりとする。古い家だから、幽霊や妖怪が出たって不思議ではない。現に私は今、神様と暮らしているのだ。これ以上に不思議なことはないのだから、物の怪がちょっと出てきたって何もおかしくはないのだ。

（いや……どうなんだ、そんな家）

軽い眩暈《めまい》を覚えつつも、きっと暑さで何か勘違いをしたのだろうと自分に言い聞かせ、私は日除け帽を深く被った。

切った枝葉を集めるビニール袋を掴んで、光溢れる庭に出る。木々の緑がキラキラと照り映えて、とても綺麗だ。

垣根の近くに植わっていた紫陽花《あじさい》は、土の成分によるのか、水色と赤紫色の混じり合った美しい色合いの花を咲かせていた。

一昨日、雨上がりの朝に見かけたカタツムリは、まだ葉の裏に隠れているだろうか。

（変なことは考えずに、さっさと済ませよう）

明るく爽やかな庭に出て、私の心は少し落ち着いた。

早速屈み込んで、飛び出しているサツキの枝に鋏を入れる。すると、視界を遮っていた葉が落ちて、二階の窓が見渡せた。

今朝も雨戸を開けたので、ガラス越しにカーテンと人影が見える。

（……人影）

私は縁側に視線をやり、猫とごろごろしている神様を確認した。じっとりと背中にかいた汗が、急に冷えていく。

この家には、どうやら神様の他にもまだ同居人がいるらしい。しかし、丸一年暮らしてやっと気付くということがあるだろうか。今度こそ本当に泥棒かもしれない。

私は竹箒《たけぼうき》を握りしめ、少ない勇気を振り絞って、人影のあった部屋へと向かう。

今回は先に警察を呼ぶこともできたが、また人間に見えない質《たち》の相手であれば、私の方が変人だと思われるだけだ。通報するのは、とりあえず相手が人間であるのかを確認してからにしようと思う。

階段を極力軋《きし》ませないように、慎重に二階へ向かう。人影が見えたのは奥側の部屋だが、移動している可能性も考えて、先に手前の部屋もそっと覗いてみた。

幸い手前の部屋の襖は開け放っていたので、わずかに中を覗くだけで済んだ。

部屋の中に人の姿はない。怪物や幽霊の類も今のところいない。やはり奥側の部屋だろうか。奥の間の襖は閉じている。

(少しだけ開けようか、それとも……)

私は竹箒の柄を強く握り直すと、そっと襖に手をかけた。

「夏也、なにしとるんじゃ?」

「わわわっ⁉」

いつの間にか二階にやって来ていた神様に、突然背後から声をかけられて度肝を抜かれ、私は思わず叫んでしまった。

「脅かさないでくださいよ⁉」

「お前さんが勝手に驚いたんじゃろ？」

大きな声を出してしまった以上、向こう側にいるかもしれない何者かにも聞こえてしまったはずだ。

（ええい、こうなれば仕方がない！）

私は勢いをつけて、すぱーん！　と襖を開け放つ。

そこには、おどろおどろしい幽霊でもなく、不気味な怪物でもない、見知らぬ普通の少年がいた。

「え？」

年の頃は奏汰と同じ、中学生くらいだろうか。少し長めの前髪から、こちらの様子を窺うように鋭い眼光が覗いている。黒いTシャツに、アッシュグレーの迷彩柄のハーフパンツを着て、白いエナメルのスポーツバッグを抱えて座っていた。

一瞬、奏汰が友達を連れてきたのかとも思ったが、彼が無断で家に入ってくるはずがない。私も全員の顔を把握しているわけではないが、うちの中学でこの子を見かけた記憶はなかった。

また彼は、先程からずっと人を寄せつけない雰囲気を醸《かも》し出しており、穏やかな奏汰とは明らかに異なるタイプであった。

「君は……？」

子どもとはいえ、正体が分からない以上、私は充分に警戒しながら尋ねた。部屋にそっと足を踏み入れる。

少年は動じない。返事をする素振りもない。

（どこかの家出少年だろうか？　だとしてもなぜうちの家に？）

「……」

彼は答えない。すると、背後から神様がひょっこりと顔を出した。神様は彼をじっと見つめると、しばらく間を置いて呟く。

「ほう珍しい……。座敷童子《ざしきわらし》じゃな」

私が言葉の意味を理解するのに数秒を要した。

「ざ、ざしきわらし？　って、田舎の家に現れる……子どもの姿の妖怪のことですか？」

「そうじゃ」

神様はきっぱりと言い放った。

（……また人間ではない者が現れてしまった……）

私は気が重くなる。しかし、こんな現代風の服装をした座敷童子がいたものだろうか。

「服装が今の子どもたちと変わらないのですが。座敷童子ってもっと、その……おかっぱ頭に着物姿とか、そんな感じじゃあないんでしょうか？　歳ももう少し小さな子のイメージでした」

私が神様に尋ねる間も、少年は黙ってじっとこちらを見ている。

「象《かたち》にとらわれてはいかんよ。さて、お前はどこからやって来たのだ？」

神様は質問を続けようとする私を制して、座敷童子に語りかけた。少年は黙ったまま、部屋の襖の方を指差した。

「北の方……ということかな」

彼は最近になってうちにやって来たのだろうか。それなら、一年間見かけなかったのも頷ける。というか、神様の存在で慣れっこになりつつあるのか、こういう状況を素直に受け入れてしまう自分もどうなのだろう。

「座敷童子って、そんなに遠い距離を移動するものなんでしたっけ？」

「うむ。この国の北方に、とある神社が存在するんじゃが、そこを訪ねた者に座敷童子が憑いてまわるという話を聞いたことがある。だがまあ、わしには関係のない話じゃからの。よく覚えとらん。直接関わりのない神や妖怪については、わしゃ全く興味がないからの」

神様のくせに相変わらずの適当ぶりである。私は呆れながらも、あることを思い出して急にドキドキしてきた。

「で、でも、座敷童子がいる家って、栄えるって言いますよね？　この話は割とよく聞くと思うんですけど、本当なんですか？」

「座敷童子がその家の趨勢《すうせい》に関わるというのは、わしも聞いたことがある」

（よし！　これで給料も上がるし嫁も来る！　蕎麦屋のご夫婦のように、美帆先生と温かい家庭が築けるに違いない）

私は心の中でガッツポーズをした。神様は私の興奮をよそに、ふぅん、と鼻を鳴らし、

「そして、座敷童子が去ると没落するともな」

と答えた。

「……お茶でもお持ちしましょうか？」

私は思わず態度を改めたが、座敷童子は表情を変えず、冷ややかな目でこちらを見ている。

「警戒されとるのー」

「な、なんで勝手に人の家に上がっておきながら、警戒しなきゃいけないんだ……」

「よし夏也！　こういうときは、おやつだおやつ！」

どういうときなのかは判然としないが、神様がうきうきと提案した。私としては、そんな楽しげな気分ではなかったが、確かにこのままでは何も聞き出せそうにないし、お茶を飲ん

で一度落ち着くのもいいかもしれない。

そういえば昨日、杏月堂《きょうげつどう》で買ったどら焼きが、茶箪笥にしまってあるのを思い出した。

しかし、そこで私はふと疑問が湧く。

「でも、彼はおやつなんて食べるんでしょうか?」

食いしん坊な神様という存在はかなり特殊で、基本的に神様も妖怪である座敷童子も何かを食べたり飲んだりはしないのではないだろうか。

「座敷童子に長くいてほしいと願う家主が、彼らに菓子を供えることは、わりとよくあるぞ。お前も小豆の菓子は好きじゃろう。杏月堂の菓子は美味いぞ。もちろん、どら焼きも。美味い小豆餡《あん》がたっぷり入っておる」

私が戸惑っていると、神様はくるりと座敷童子を振り返り、ひらひらと手を振りながら彼を誘う。

そんな誘いに座敷童子が乗ってくるとは思えなかったが、意外なことに無愛想だった彼が少しだけ目を輝かせて、顔を上げた。

その表情にやっと子どもらしさが垣間見えて、私は驚きつつもなんだか少し安心する。

「じゃあ、下に行こうか」

私が促すと、座敷童子は頷いて、スポーツバッグを肩にかけた。

妖怪に所持している荷物があるのも不思議だったが、とりあえず私は彼を一階の居間に通し、冷たい麦茶とどら焼きを用意した。

「どうぞ」

勧められて、座敷童子はそっとどら焼きに手を伸ばした。

杏月堂のどら焼きは、しっとりと口どける皮に、大粒の小豆を使った上品な甘さの餡が、ずっしりと挟まれている。

彼が掴んだどら焼きからは、神様と同様にどら焼きの幽霊が取り上げられた。彼はそっと一口頬張る。

美味しいのだろうか。相変わらず表情は乏しいが、何だか少し嬉しそうに見える。そんな座敷童子の横で、神様は大きなどら焼きを既にペロリと一個食べ終わっていた。

「美味しい？」

私の問いかけに、座敷童子はどら焼きを見つめたまま答えた。

「……うん」

初めて聞いた彼の声は、自分の生徒たちと変わりない、ごく普通の少年のものだった。

「どら焼き好きなの？」

少年はゆっくりとこちらを見る。

「あんこのお菓子は好き。前の家の人たちがよくくれた」

座敷童子は少しずつではあるが、話をしてくれるようになった。彼はどら焼きをもうひとかじりする。

「座敷童子君……は変か。ええと、君には名前ってあるの？」

私もどら焼きを頬張りながら尋ねる。いつもと同じ、優しい甘さが口に広がる。

「名前……」

座敷童子は俯いて、しばらく間をおくと呟いた。

「……シュンって呼ばれてた」

「シュン君か。そっか、前の家の人に名付けてもらったんだね。前の家の人たちは君の姿が見えたの？」

シュンは目を伏せると、どら焼きを持ったまま小さく首を振った。

「見えない。おじさんも、おばさんも……。シュンっていうのは、多分あの人たちのいなくなった子どもの名前だと思う」

私は思わず動きを止めた。

（いなくなった子ども……？）

彼が前にいた家には、子どもを亡くした夫婦が住んでいたのだろうか。

「……その子には君が見えていたの？」

私は遠慮しつつも、やはり気になってしまい、彼にそっと尋ねた。

「俺があの家に行ったときには、もういなかった。でも二人とも、いつもそいつの話をしてた。あの子はこんなことが好きだったとか、こんなことが得意だったとか……」

座敷童子は視線を落としたまま答えた。

「君のことは見えないのに、おじさんやおばさんは、君をシュンって呼んでいたの？」

あまり話したくないことかもしれないと躊躇しつつも、私はつい質問を続けてしまう。

「俺がたまに物を落としたり、ぶつかったりして音を出したから、何かいるって気が付いたんだと思う。俺の姿は見えないみたいだったけど、俺があの家に住んでいるってことは分かってた」

家の中に漂う子どもらしき者の気配を感じて、息子が帰ってきたのだと、そう思って暮らしていたのだろうか。

そうだとしたら、シュンを自分たちの子どもだと信じて暮らした夫婦も、幽霊だと間違われながら過ごしたシュンも、なんだか気の毒に思われた。

「豆太郎はどうだろうか？」

私たちが沈黙していると、神様が突然割り込んできた。

「えっ……な、何のことですか？」

「そいつの新しい名前じゃ。新しい家に来たのだ。新しい名前になってもよいだろう？　小豆好きだから、豆太郎だ」

「嫌だ」

シュンは即座に却下した。それはそうだろう。私も嫌だ。

「なんじゃ気にいらんか？　豆助、あず吉、ああ！　小豆丸はどうじゃ？」

「絶対駄目」

シュンはいっぺんに先程の不機嫌な態度に戻ってしまった。

「ああもう、変なことを言わないでくださいよ、神様！」

「神から授かった名前など、ありがたく受け入れるもんじゃがのう」

神様はぷぅと頬を膨らませて、二個目のどら焼きに手を伸ばした。

ちなみに某宗教では、洗礼を受ける際に名前を授かることがあるようだが、もしうちの神様から名をいただける機会があったとしても、私は間違いなく丁重にお断りするだろう。

片付けを済ませて、夕飯の支度をしていたら、あっという間に時間が経っていた。あれから結局、シュンはヘソを曲げて何も答えなくなり、また二階に戻ってしまったのだ。

（……美味しい夕飯を作ってあげれば、機嫌直してくれるかな？）

そんな心配をしている私をよそに、神様はマイペースに、居間に広げてあった新聞を覗き込んで、何やら不思議そうにしたり、感心したりしている。一番気になるのは、やはり料理やお菓子の記事広告のようだ。

遠くから鐘の音が聞こえてくる。どうやらもう十七時になったらしい。この地区では、毎日十七時になると、時を知らせる鐘の音が放送される。なんとも言えない暗いメロディーなので、初めはあまり好きではなかったが、一年も暮らすと慣れてしまった。

鐘の鳴ったすぐ後に、今度は玄関の呼び鈴が鳴った。そこで私は、昼に交わした奏汰との約束を思い出し、慌てて玄関に駆けていった。

「は〜い！」

ガラリと引き戸を開けると、夕日を受けて、白いシャツをオレンジ色に染めた神岡奏汰が、ちょこんと立っていた。

「すみません、お休みの日に……」

奏汰は申し訳なさそうに、私を見上げて話そうとしたが、ふとその視線は私を逸れて、背後に向かった。彼は意外そうな表情で呟く。

「先生、その方は……？」

奏汰は、玄関に立ち尽くしたまま、様子を見に来た神様の方を見つめていた。彼の大きな黒い瞳は、私にしか見えないはずの神様のいるあたりに、しっかりと焦点を合わせている。

「奏汰……もしかして、見えるのか……？」

「え、見える？　その着物の方ですよね？　ええ、もちろん。先生のご家族の方ですか？」

（いいえ神様です。しかも食いしん坊の）

などと説明したところで、理解してくれるとは到底思えない。

とはいえ、兄弟だ、親戚だと説明したところで、私と似ても似つかないので信じてもらえるはずがない。それに、銀色癖っ毛ロングヘアーで着流し姿の風変わりな男が、血縁者だと思われるのも誠に遺憾である。

最悪、そんな男と同棲していると、何かの拍子に美帆先生の耳に入らないとも限らない。

どうしたものかと私が逡巡《しゅんじゅん》していたら、神様は突然奏汰に走り寄った。

「少年！　何か美味そうなものを持っているな！　それは何じゃ？」

と、彼の抱えている風呂敷包みに、熱い視線を注ぎはじめた。今にも飛びかからんばかりの勢いだ。

（ただでさえ怪しすぎるのに、生徒の前でこの神様は……！）

私は急激に恥ずかしくなってきた。

「ちょ、ちょっと……」

「えっ？　あ、これは、姉が先生の御宅に行くのであれば、夕飯用に煮物をたくさん作ったので少し持っていきなさいと……」

「え⁉」

暴走する神様を止めようとしていた私は、思いがけない幸運に衝撃を受ける。

（なんと！　美帆先生の手料理とは！）

私は心の中で狂喜したが、急に踊り出したりしないようになんとか耐え抜いた。

一方神様は、奏汰の包みを半眼でじっと見つめている。

「丁寧にしっかり煮込んであるようだ。筍も鶏も美味そうだなぁ。さあさあ、早く上がりなさい！」

平然と包みの中を透視してみせる。言い訳に困るので、気軽に人知を超えてくるのは本当にやめていただきたい。

私は内心ハラハラしていたが、奏汰は少し不思議そうな顔をしたものの、スニーカーを脱ぎ揃えて、お邪魔しますと上がり込んだ。

その目はワクワクと輝いているようにさえ見える。

「む、麦茶でいいかな？」

私はまだ動揺しながらも、とりあえず奏汰を居間に通すと、いただいた風呂敷包みを大切に持って台所へ向かった。

冷たい飲み物を飲むのによさそうだと購入した、薄口ガラスのコップを取り出しつつ、今起きている事態を冷静に考えてみる。

美帆先生の手料理への喜びで、一瞬忘れかけたが、奏汰に神様の姿が見えるという事実は、私にとって大きな事件である。

もう丸一年神様と一緒に暮らしてきたが、隣のおばちゃんも、宅急便のお兄さんも、外出時に通りすぎていく町の人も、誰一人神様が見えなかった。

その事実にすっかり慣れ切っていて、全く警戒していなかった。

(……しかし、奏汰には見えた)

冷蔵庫から、作り置きの冷えた麦茶を取り出し、コップに注ぐ。

神様は、私の「見える」力について血筋だと言っていたが、つまり奏汰にも家系的な素質があるのだろうか。

(もしかしたら、美帆先生にも見えるかもしれない。もし結婚して一緒に暮らすようなことがあったら、神様の食いしん坊ぶりに呆れてしまわないだろうか……)

製氷皿をひっくり返して、氷を二、三個コップに入れる。麦茶よりまずは己の頭を冷やせと言われそうだが、気にせず麦茶を持って居間へと向かう。

（まてよ、神様が見えたということは、もしかするとシュンも見えるのだろうか……？）

妙な神様に加えて、シュンまで一緒に暮らしているとあっては、もうこれ以上言い訳が思い浮かばない。

（先に二階から下りてこないように伝えた方がいいだろうか……）

と考えているうちに、居間の前まで来てしまった。

空いた襖から中の様子を窺うと、卓袱台を前に小さくなって座っている奏汰を、神様とシュンが囲んでいるのが見えた。

時、既に遅しである。

神様と座敷童子と中学生との間で、一体どのような会話を展開すれば、自然な空気を作れるのだろうか。

私はお盆を持つ手が震えるほど動揺したが、おそるおそる聞き耳を立てたところ――

「へぇ。じゃあ、アイツは先生なんだ」

「は、はい。うちのクラスの担任の先生で、現代文の授業を教えてくださっています。シュンさんはどこの中学に通っているんですか？」

「違うぞ少年。豆の助だ」

「豆の助じゃねーよ！」

（な、なんか意外と打ち解けてる……！）

色々なことにショックを受けつつも、話の流れが取り返しのつかないところまで進む前に止めなければならない。

彼らが勝手に「実は神様なんです」「妖怪なんです」と言いはじめたら、それこそ収拾がつかなくなる。

「あ、シュンも下りてきていたんだね！　奏汰、シュンは私の甥っ子なんだ。普段は東京で暮らしてるんだけど、今日はたまたま用事があってね！　イヤー騒がしくてごめんね！」

私は咄嗟に出まかせを言って強引に会話に割り込み、奏汰に麦茶を出した。人間追い詰められると、普段発揮できていない言い訳機能が働くらしい。

「あっ、先生！　ありがとうございます。いただきます！」

奏汰は麦茶に少し口をつけてから、

「てっきりお一人で暮らしていらっしゃるんだと思っていました」

と、無垢な笑顔でこちらを見上げる。

（人間的には一人暮らしだけどね……）

私は生徒に嘘をつかねばならないことで良心に大きなダメージを受けながら、茶箪笥からかりんとうと豆菓子を取り出す。

和菓子が好きなので、おばあちゃんの家で出てくるようなものしか買い置きがない。奏汰の口に合うだろうか。

「……まあ、色々あってね。それより、家はどう？　思ってたよりもオンボロだろう？　汚くて申し訳ないけど、（もうこれ以上隠すものはないし）色々見てもらっても構わないよ？」

「本当に変なことをお願いしてしまってすみません。あっ、お借りしていた本、お返ししますね」

奏汰は私が貸したハードカバーの小説を鞄から取り出した。

時代もののファンタジー作品で、妖怪が多く登場する短編集であった。奏汰はミステリや、ホラー、日常系エッセイまで幅広く読むが、この女性作家の妖怪シリーズは特に好んで読んでいた。

私もこの作者の小説は好きで、最近新刊を購入していたため奏汰に貸していたのであった。

「面白かった？」

「はい！　ちょっと怖くて、不思議な話でした。でも、やっぱりどこか人情味があるのがいいですよね。僕は妖怪の出てくる話が大好きなので、とっても楽しめました」

にこにこと話す奏汰の左側で、シュンが驚いたように瞬きし、右側で神様がニヤニヤしながら、かりんとうをつまんでいる。

（しまった！　かりんとうの幽霊が出てくるところを見られたら……！）

私はどっと冷や汗をかいたが、奏汰はまさか自分が神様と妖怪に囲まれて座っているとは夢にも思っていない様子で、まだ彼らの異常な行動には気が付いていないようだ。

「お前、妖怪怖くないの？」

シュンが尋ねた。先程までの不機嫌な態度はどこへやら、シュンは奏汰に興味を持ちはじめたらしい。奏汰は少し考えて、ゆっくりと話し出す。

「確かに怖い妖怪もいますけど、僕は会えるものなら一度会ってみたいと思うんです。この歳になってもこんなこと言ってると笑う人もいるけど、妖怪がいない世界より、いてくれる世界の方が、ちょっとだけ面白いと思いませんか？」

（奏汰よ、今君の目の前に、紛れもなく妖怪がいるのだ。君はこの歳で妖怪なんか信じて……と言ったが、もう三十路近い男が、現実に神様と二人暮らしをしているのだよ）

私は思わず遠くを見つめた。すると――

「お前さんは妖怪に会いに、この家にやって来たんだね」

急に神様が微笑んでとんでもないことを口走るので、私はまた心臓が止まりそうになる。

（いいから、黙って豆菓子を食べていてくれ！　……いや、やっぱりバレないように、後で食べてくれ！）

心の中で叫びつつ、神様に非難の目を向ける。しかしそんな私をよそに、奏汰は静かに口を開いた。

「……実は、そうなんです」

（え、バレていた？　私が台所にいる間に、既に自己紹介は終わっていたのだろうか？）

私が凍りついていると、奏汰は申し訳なさそうに続けた。

「この間、うちのクラスの誰かが、先生の家を見たいと言って、先生の後をつけて帰ったらしいんです。それで、このお家を見て、護堂先生は妖怪屋敷に住んでいるって噂になって……」

（……なるほど、生徒につけられていたとは全く気が付かなかった。その後、私の家が噂になっていたことも。自分のクラスの様子に気が付かないとは、教師失格だろうか……）

私は多少落ち込みながらも、確かにこの家のオンボロ加減では、お化け屋敷と噂されても仕方がないであろうと納得していた。

「それで僕、妖怪に興味があったので、ちょっと気になっていて……。でもコソコソ隠れて見に行くなんて失礼なので、正面からお願いさせていただきました。動機の時点で既に充分失礼なんですけど……」

奏汰は困ったように笑って縮こまる。私はとりあえず、神様とシュンのことがバレていなかっただけでもホッとしたため、恐縮する彼に笑ってみせた。

「なんだ、そうだったのか。妖怪ねぇ、まぁ確かに……実在したらちょっと面白いかもね」

それを聞いて不思議そうにこちらを見たシュンに、私は隠れて目配せする。座敷童子の彼が、私の意図を汲んでくれるか分からなかったが、何事もなかったかのように、奏汰に向き直って黙ってくれていた。

案外いい子なのかもしれない。

俯いていた奏汰は、我々のそんなやり取りには気が付かず、そっと顔をあげておそるおそる、でもその瞳にいっぱいの好奇心を宿らせて尋ねた。

「実はそれで今日も、妖怪が現れやすいと言われている、逢魔《おうま》が時にお邪魔させていただいたのですが……あの、護堂先生は、このお家で何か見たり、不思議な体験とかってされましたか？」

思い出すまでもない質問である。

（引っ越し初日で神様と出会ってから、ずっと毎日が怪奇現象続きだよ）

とは言えない。

「うーん、そうだね。特にこれといって変わったことはないかなぁ……」

「そ、それはそうですよね。本当にあの、失礼しました……」

　奏汰はますます恐縮する。

（本当のことを話せば、奏汰は驚きながらも喜んでくれるだろうか？　こんなこと、本当に信じてくれるだろうか？）

　期待していた奏汰をがっかりさせてしまったようで、私も何だか申し訳なくなってくる。

「夏也、そろそろ飯時じゃし、彼もうちで夕飯を食べていってもらったらどうだ？」

　神様が能天気に提案する。

（こちらの気も知らないで無茶なことを……）

　普段の食事は、神様は食べ物の幽霊しか食べないので、基本的に私の分しか用意していない。

　今日はカムフラージュで四人分の夕飯を支度したとしても、一向に減らない神様とシュンの料理に、奏汰は疑問を抱くだろう。

　なおかつ、神様やシュンが食べ物の幽霊をつまみ出す様子を目の当たりにすれば、仰天してしまうに違いない。

「あ、そんな！　そこまでご迷惑はおかけできません！」

　奏汰は慌てて立ち上がろうとする。

するど、突然台所の方からカタンと物音がした。何か立てかけていたものでも倒れたのだろうか。しかし、隙間風だとしても、倒れる物なんて特になかった気がする。

「なんだろう？　ちょっと見てくるよ」

私は立ち上がって台所へ向かった。何か嫌な予感がする。

廊下からそっと、台所の引き戸を開けるが、先程麦茶を取りに来たときとなんら変わりない光景が広がっていた。美帆先生にいただいた包みもちゃんと置いてある。

しかしそのとき、ガスコンロの辺りで、何か小さなものが横切るのが見えた。

（え、何だろう？　ネズミかゴキブリかな。どちらにしても苦手だ……）

ないよりはましかと、手近にあったハエ叩きを手に、ガス台へと向かう。

見ると、味噌汁を入れておいた手鍋の蓋がズレて床に落ちていた。

奏汰が来るまで、夕飯用に味噌汁を作っていたのだが、きちんと蓋をしてあったはずだ。自然に落ちるとは考えにくい。

（つまみ食いの常習犯は私と一緒に部屋にいたし……）

「先生、大丈夫ですか？」

あれこれと思案していたら、いつの間にか奏汰が後ろに立っていた。

「うん、鍋の蓋が落ちてしまったみたいだ。ちゃんと載せていたはずなんだけどなぁ……」

私は、一見何も変わったところのなさそうな豆腐とワカメの味噌汁を一応確認して、何気なく鍋を持ち上げた。

するると、鍋の向こう側から突然小さな黒い影がするりと飛び出す。

「うわっ⁉」

反射的に仰け反ってしまったが、味噌汁をぶちまけないように、かろうじて鍋の柄《え》を握り続けることはできた。

ゴキブリであれば、ここで確実に仕留めておきたかったが、ハエ叩きによる攻撃を繰り出すことはできなかった。

というのも、飛び出してきた小さな生き物は、ゴキブリではなく、人のような形をしていたのだ。彼はなぜかその場から離れず、ジタバタと暴れている。

「こ、小人？」

太ったネズミくらいの大きさのそれは、小さな豆のような頭に、申し訳程度に目鼻をつけ、地味な色のボロボロの着物を着ていた。どうやらその袖が、五徳に引っかかって動けないらしい。

異様な見た目をしてはいるが、短い手足をジタバタとさせて、必死に逃げようと頑張る姿は、少し可愛らしくもある。

「先生、それって……」

背後から声がする。奏汰のことをすっかり忘れていた。

振り返ると、彼は口に手を当てて驚きの表情を浮かべていた。やはりこの小人も見えているようだ。

「私にも分からない。こんな生き物初めて見たよ」

私は鍋を置くと、その不思議な生き物に少しだけ近寄って観察してみた。

「キー」

と彼は小さく鳴いて、手足をバタつかせ、もがき続けている。自分がどうして動けないのか、全く分かっていない様子だ。

首をフリフリさせてすっかり困り果てている。引っかかっている袖を外してやりたいが、噛みついたりしないだろうか。

「おお、台所妖怪の一種か？」

神様もやって来た。奏汰の後ろから、ひょっこりと顔を覗かせる。

シュンも顔色一つ変えずに、その隣に佇《たたず》んでいた。

「よ、妖怪⁉」

神様の言葉に、奏汰が声を上げて振り返る。そしてまた台所妖怪に向き直り、さらに何度も神様と妖怪を交互に見比べて、彼は目を白黒させた。

「そんなに力の強いものではないようだが、味噌汁の匂いに誘われてやって来たのかな？」

「す、すごい、本当に妖怪が……！」

奏汰は両頬に手を当てて、感嘆の声を上げている。

「悪さをしたりするのでしょうか？」

私が尋ねると、神様は答えた。

「いや、この種族は人気《ひとけ》のなくなった台所で残り物をつまむくらいさ。料理をしない家や、料理が不味い家には憑《よ》りつかん」

（まるでどこかの誰かのようではないか……）

私が半眼で神様を見ていると――

「じゃあ先生は、お料理御上手なんですね」

と、奏汰が私を見て微笑んだ。意外と落ち着きを取り戻すのが早い。

（しかし料理の腕を妖怪に認められても……）

ちなみにこの味噌汁の作り方も、叔父の手帳から学んだものだった。叔父のレシピは神様や妖怪の舌も唸《うな》らせるのだろうか。

奏汰は私の前に出て、ガス台を覗き込み言った。

「この子、助けてあげても大丈夫ですか？」

「ああ。噛みつきゃせんよ」

台所の戸に寄りかかる神様が、ひらひらと手を振って適当に答えた。

「よかった。じゃあ……」

奏汰は台所妖怪に、そっと手を伸ばす。彼は一度ビクッと身を震わせたが、自分のもとへ伸ばされた奏汰の指をクンクン嗅《か》ぎ、自分に危害を加える者ではないと分かったのか、少し大人しくなった。

奏汰がそっと引っかかった袖を外してやる。すると――

「わっ！」

自由になった途端、台所妖怪は勢いよく跳び上がって、転がるように逃げ出した。

そして床に飛び降りると、あっと言う間に冷蔵庫の隙間に滑り込んでしまった。隙間は狭くて暗く、覗き込んでも中は数センチ先しか見えない。

「大丈夫か？」

私はそばに寄り確認する。奏汰は驚いているようだったが、キラキラと目を輝かせ、未知との遭遇に感激していた。

「あっ、僕は大丈夫です。でもすみません、こんなところに入ってしまいました……」

「放っといて大丈夫じゃ。ただ、人に姿を見られて驚いているだろうから、しばらくは出てこんぞ」

腕を組んでいる神様が、のんびり我々に言った。シュンはその一部始終を無表情のまま、黙って見つめている。

「お許しいんですね。今の妖怪にも驚いていらっしゃらないし……もしかして、今までにも妖怪をご覧になったことがあるんですか？」

奏汰が神様を熱い眼差しで見つめる。

（まずい）

「おう。あるぞあるぞ。たくさんある。昔に比べれば、あまり見かけなくなったがのぅ」

神様は得意満面という感じだ。お願いだから余計なことを言わないでほしい。

「ええ〜っ！　凄いですね！　どこでご覧になったんですか？　他にどんな妖怪と出会ったんですか？」

案の定、奏汰は凄く食いついた。それにしても、神様は特別だとしても、シュンに続いて二人目（二匹目？）の妖怪登場とは、この家の妖怪屋敷ぶりにも拍車がかかってきた。

この辺り一帯も、まだまだ山や森が多く、街中に比べたら人気が少ないので、妖怪も棲みやすいのだろうか。

何にせよ、このまま楽しそうにしている奏汰を帰すのも気が引ける。

「まぁ、とにかくあの妖怪に味噌汁を平らげられる前に夕飯にしよう。一旦ご飯を食べて少し落ち着こうな……」

一緒に食事をすれば、神様とシュンについて色々と怪しまれることもあるだろうが、台所妖怪も現れて少し吹っ切れた。

奏汰も怖がるどころか楽しそうにしているし、何とかなりそうな気がしてきたのだ。何より自分自身も、少し落ち着いて頭の整理をしたかった。

（とりあえず、この状況が上手く収まりますように……）

私はうちの神様ではなく、他にいるであろう、ちゃんとした方の神様に祈った。

奏汰には、夕飯を食べてくると家に連絡を入れさせて、私は夕飯の支度に取りかかった。

冷飯しかなかったので、醤油と胡麻で小ぶりの焼きおにぎりをたくさん握って大皿に並べた。

この方が、神様やシュンが幽霊をつまんで食べる姿をごまかしやすいと考えたからだ。箸休めに昆布や梅干しも添えておこう。

焼きおにぎりのレシピは、叔父の手帳に載っていたものだ。醤油だけではなく、昆布出汁と胡麻油を少し混ぜ合わせるように指示されている。以前初めてこのレシピで作ったときには、その香ばしさと美味さに心底驚いた。

おにぎりを網に並べて炙《あぶ》りはじめると、醤油の焦げる香りに惹《ひ》かれて、神様が何度も覗きに来たが、私はつまみ食いを許さず、おにぎりたちを守り抜いた。

豆腐とわかめの味噌汁は、少しずつになってしまうが、温めて人数分出すことにして、物質としては減らない神様とシュンの分は、後で鍋に戻して明日私がいただこう。

後は、作り置きしてあったほうれん草のお浸しに、美帆先生お手製の鶏と筍の煮物を温め直して鉢に盛りつけた。色艶もよく、とても美味しそうだ。美人な上に料理も上手いなんて、本当に素晴らしい女性である。

（よし！　後はもう何とでもなるがいい！）

料理をお盆に載せて卓袱台に運び、四人で夕食を囲んで手を合わせる。

なんだか急に家族が増えたみたいで不思議な気がした。

夕飯の途中で神様とシュンの正体が奏汰にバレて、パニックになることを恐れていた。だが、奏汰は神様の妖怪話に夢中で、彼らが食べ物の幽霊をつまんでいるのにまるで気付いていなかった。

シュンはおそらく（見た目的には）同年齢くらいの奏汰と話せるのが嬉しいらしく、先程よりもよく喋っており、とても楽しそうであった。

奏汰が妖怪に対して、恐怖心よりも、純粋に興味を持っている姿を見て安心したのかもしれない。

その後も、神様と妖怪と人間の食事会は滞りなく進行し、二十時頃には奏汰を家に送りに出た。

奏汰は遠慮したが、この辺りは暗いので心配なのだ。商店街に続く坂道を下り、駅の反対口へと向かう。

昼間の暑さはどこへやら、夜風は涼しく、我々は今日あったことを話しながら並んで歩いた。

白い一軒家の前にたどり着くと、奏汰は門を開いて振り返った。

「今日は本当に楽しかったです！　夕飯までありがとうございました」

「いやいや、大したものが出せなくてごめんな。美帆せんせ……あ、お姉さんの煮物、すごく美味しかったって伝えておいて！」

私はそう言って奏汰に手を振り、慌てて踵《きびす》を返した。

「あっ、先生！　姉も夕飯のお礼をしたいと言っていましたので……」

「いいっていいって！　もう美味しい煮物もいただいているし、じゃあ、また明日学校でな！　おやすみ～」

私は少しだけ振り返ったが、また逃げるように歩き出した。

(さっきの妖怪や、うちの神様の話になるとややこしいしな……)

「奏汰？　帰ったのー？」

後ろから美帆先生の声が聞こえる。

またしても、休日の美帆先生にお目にかかれるチャンスを自ら棒に振ってしまった。

帰ったら、会わなかったことを後悔するくせに、一目でも姿を見ておけばよかったと思うくせに、我ながら本当に意気地のない男だ。

帰り道、商店街の蕎麦屋の前を通ると、昼間の雀のことが思い出された。

家に帰った私は、残った焼きおにぎりを少しだけ小皿に載せて、コンロの脇に置いておいた。

意識して耳を澄ましてみたが、ガス台にも冷蔵庫の陰にも、何者かが潜んでいる気配はない。

台所妖怪はどこか奥の方に隠れているのだろうか。それとも、もうどこかへ引っ越してしまっただろうか。しばらくは怖がって出てこないかもしれないが、おにぎりは驚かせてしまったお詫びだ。

今日は本当に色々あった。私は風呂に浸かってぼうっとしながら、あの小さな妖怪が自分と同じくらいの大きさのおにぎりにかぶりつく様子を思い浮かべて少し笑ってしまった。

◇

数日後——

「何だこの紙っきれは？」

卓袱台の上に並べた短冊を見て、神様が尋ねた。

「短冊です。今日クラスで作った七夕飾りの余りですよ」

学校から帰り、部屋着に着替えて畳に腰を下ろすと、私は背を伸ばして天井を仰いだ。

うちの中学校では、七月になると近くの竹藪から笹を分けてもらい、美術の時間を使って七夕飾りを作る。飾り付けた笹は校庭に並べて、七夕当日にはちょっとしたお祭りも行う。

今日は私も生徒たちと一緒に飾り付けを行《おこな》っていた。

手先の器用な奏汰は、次々に綺麗な飾りを作り出しては、周囲の女子を沸かせていた。

一方、男子ならではの下ネタな切り抜き飾りを作って、別の意味で女子を沸かせる、クラスで一番のお調子者の山田を叱《しか》りつけながら、私は脚立に上がって飾り付けをした。

背の高い笹を見上げて作業し続けたので、首の周りや肩がパンパンである。やはりもう若くない。

日々の疲れを労《ねぎら》ってくれる私の織姫を、誰か早く連れてきてくれと心の中で叫びながら、そのまま仰向けに寝転んだ。そしてふと思いつく。

「せっかく短冊を持って帰ってきたことですし、神様も願い事を書いてみたらどうですか？　ああ、でも神様はどちらかというと叶える側か……あ、ついでに私の願いも叶えてくださいよ！」

私が神様の方に転がりつつ提案すると、神様は口の先を尖らせて答えた。

「何のついでじゃ。しかも寝っころがって神に願う者がどこにおるんじゃ。それにこの件に関しては、わしは完全に部外者じゃ、七夕飾りは綺麗じゃが、短冊に書いてある他人の願いにはまるで興味がないわい。天の川より素麺《そうめん》の流れの方がわしには魅力的じゃ〜」

そう言って、神様はフラフラと向こうの部屋へ行ってしまった。どこまでも食い意地の張った神様である。

もし、かつて彼のいた神社に、たくさん絵馬が掛けられていたとしても、ちゃんと読んでいたか怪しいものだ。

私はふと天井を見上げる。あれからシュンは、我が家の二階に棲んでいた。

座敷童子が家を離れると、その家には不幸が訪れるという話もあるし、シュンが一人増えたところで別に困らない。

相変わらず口数は少ないが、みんなで食事をしたことが楽しかったらしく、あの日以来、私と神様と一緒に食卓を囲んでいる。

しかしこの日は、夕飯の時間になっても彼は二階から降りてこなかった。

片付けを済ませて、私が風呂から上がっても、まだ姿が見えなかったので、私は少し心配になり様子を見に行くことにした。

シュンは奥の真っ暗な部屋の隅で、窓の外を眺めていた。白いエナメルのバッグが、月明かりにぼんやりと浮かびあがっている。

「そのバッグ、いつも大切そうにしているけど、もしかして前の家の人がくれたの?」

私が部屋に入っていくと、シュンは一度こちらを振り返ったが、黙ってまた窓の外を見つめた。

どこか思い詰めた表情をしている。何を考えていたのだろう。もしかして、元いた家に帰りたいのだろうか。

シュンが前にいた家の事情については、出会った日以来、詳しく聞いていなかった。シュンはいつも、そのことについて聞いてほしくなさそうだったのだ。

シュンを死んだ息子の幽霊だと思って、一緒に暮らしていた夫婦。彼らとの間に、一体何があったのだろう。どうしてシュンは家を出たのだろう。

「シュンがいなくなって、残されたおじさんとおばさんは寂しがっていないかな……。シュンはもう、前の家には帰りたくないの？」

私は少し躊躇いながらも尋ねた。彼は普段から無表情であったが、時折淋しそうな顔をすることがあった。座敷童子であるシュンが、この家から去ってしまうのは少し怖いが、もし本人が帰りたいと思っているのであれば、ちゃんと見送ってやりたい。

シュンはあの日、突然我が家にやって来た。座敷童子がどういう基準で家を渡り歩くのかはよく知らないが、シュンは前の家にどこか心残りがあるように見えた。

「あの人たち、もういなくなったんだ」

シュンはこちらを見ずに呟いた。

長い睫毛《まつげ》に月明かりが落ちて、白い肌に青味がかった影を落としていた。

「えっ？」

「俺が自分たちの子どもじゃないって気が付いたのかな。それとも幽霊と暮らし続けるのに疲れちゃったのかな」

シュンは見た目よりも、ずっと物言いが大人びている。妖怪だから人間の子よりは長く生きているのかもしれない。だが、家族らしい存在が他にいる様子もないし、随分と寂しい境遇に置かれていることは間違いない。

「あの人たちは、少しの間だったけど、俺を家族だと思って一緒にいてくれた。直接俺の姿は見えないけど、いつも話しかけてくれた。優しくて、温かかった」

普通の人には姿が見えないシュンは、これまでもずっと一人だったのだろう。一人ぼっちの妖怪の子が触れた人の心の温かさ、家族のような関係は、とても居心地のいいものだったのかもしれない。

「あの人たちの優しさが、本当は俺に向けられたものじゃなかったのだとしても」

シュンは言葉を詰まらせて、エナメルのバッグを抱きしめた。

「嬉しかった……」

彼らを失って、また一人ぼっちになったとき、初めてできた大切な存在を失ったとき、彼はどんな気持ちだったのだろう。

そこで、私はハッとした。今、私は彼にとても残酷な質問をしてしまったのだ。

彼はあの家に、とても帰りたいかもしれないが、帰ってもそこには優しかった夫婦はいないのだ。彼にはもう、帰る場所がない。

「シュン」

私が声をかけようとすると、シュンは黙って部屋を出ていった。私は自分の迂闊《うかつ》さを呪った。

そしてふと、畳の上に残された白いバッグに目が留まる。勝手に中を見ようとは思わなかったが、何かが気になった。

私の通う中学でも、部活動でこのようなバッグを下げている生徒たちがいる。バッグに手を伸ばせば、私にも触れることができた。

近くで見ると、質感もデザインもかなり古い物のように見える。持ち手の端に、何かがぶら下がっていた。ネームプレートを入れるタグのようだ。何か書いてある。

花山楓《はなやまかえで》。

（名前が「シュン」じゃない……）

それを見た瞬間、私の頭の中で何かが弾けた。

タグには電話番号や血液型も書かれているが、これは持ち主が万一事故などにあったとき、身元や治療に当たる上で必要な情報が分かるように付ける物だ。

そして、バッグの持ち主のものであろう生年月日も記されていた。私はその日付を見て愕然とする。

「五十年……前……？」

シュンの見た目の年齢から、前の家の夫婦は、中学生の子どもがいる四十代くらいの夫婦だろうと、勝手に想像していた。

(座敷童子という妖怪が、永遠に子どもの姿のまま、歳をとらないのだとしたら……)

もし、その夫婦がシュンに今着ている服や、このバッグを与え、自身の子どもの姿に重ねていたのだとしたら、やはり息子さんが亡くなったのは中学生くらいのときであろう。

そして、それがこのカバンの持ち主だとしたら、息子さんが亡くなったのは、少なくとも今から四十年近く前ということになる。

だとすれば、現在は親である彼らもかなりの歳であろう。

(ご夫婦は現在、八十歳前後かもしれないんだ……)

前の家の夫婦は「いなくなった」とシュンは言っていた。

彼はその理由について、夫婦がシュンを自分たちの子どもの霊ではないと気付いてしまった、あるいは子どもを失った辛い過去から逃げ出すために、家を出ていったと考えていた。

しかし、息子を失ってから何十年と同じ家で暮らし続け、今更そこから去るような気持ちになるものだろうか。

私はもう一度ネームプレートを眺めて、一つの可能性に思い至った。

(これはもしかすると……)

私はシュンを追いかけた。確かめてみたいことがあった。

階段を駆け下り、居間や和室を覗くが姿が見えない。台所にもいない。

居間に戻って部屋を見渡すと、揺れるカーテンが目に入った。縁側の窓が少し開いていたので、私はつっかけを履いて庭に出た。

庭の一番奥、紫陽花とお隣の垣根の間に身を寄せてうずくまっているシュンが見えた。

「シュン、さっきは変なことを言ってしまってすまない。もう一つだけ、聞いておきたいことがあるんだ。……また辛いことを思い出させてしまうかもしれないけれど、聞いてくれるかい？」

シュンは下を向いたまま動かない。

「彼らがいなくなったのはいつ頃かな？　そのとき、二人は一緒に出ていったのかい？」

シュンはそのまま、しばらく黙っていたが、少しして口を開いた。

「荷物を持って、三年ぐらい前に二人で出ていった。しばらく帰ってこなくて、おばさんは一度帰ってきたけど、おじさんはそれっきりだった。それで一年も経たない間に、おばさんもまた荷物を持って出かけてから、ずっと帰ってこなくなった」

言ってシュンは、顔を膝の間に埋めて黙り込んだ。

（……やはり、そうなのかもしれない）

おそらく彼らは、それぞれ入院して、病院で亡くなったのだろう。家で倒れていない分、事情を知らなければ自分の意志で家を出ていったように見える。家から出られないシュンには、まるで彼らが家と自分を捨てたように思えたのだ。

私は小さなシュンの背中に声をかける。

「シュン、彼らの子どもの名前は楓君と言うんだ」

シュンの頭がピクリと動いた。

「だからシュン、『シュン』というのは君の名前だ。君だけに付けられた名前だ。彼らはちゃんと、君のことを見ていたんだよ」

シュンは顔を上げて目を見開いた。

名前は力をくれる。自分のためだけに、誰かが考えて、与えてくれたものだから。

「彼らは君のことや過去の辛い記憶が嫌になって、家を出ていったんじゃないと思う。今、私には真実を知る術《すべ》はないけれど。きっと彼らは時間が来てしまっただけなんだ」

人の命は短い。

妖怪に比べたらきっと、ずっと短い。

私はシュンの隣に屈み込んだ。

「むしろずっと君に感謝していたんじゃないかな。彼らもきっと寂しかったのだろうから」

確証はなかった。だけど、慰めではなく、そうだったのだと私自身が思いたかった。

そのまましばらく、私はシュンの隣で黙って屈んでいた。月明かりを受けて、シュンの前髪がぼんやりと光る。

シュンは何かをじっと考えているようだった。

そんな彼の横顔を見ていたら、急に言葉が勝手に体の奥から湧き上がってきて、気付いたときには、もうその言葉を口にしていた。

「シュン。君にとっては短い時間かもしれないけれど、私がここにいる間は、よかったら家にいてくれないか？」

何の深い考えもなかった。ただ私がそうしたいと思ったのだ。もしかしたら、自分勝手で残酷なお願いなのかもしれない。いつかはまた、彼を一人ぼっちにしてしまうかもしれない。それでも、少しでも長い間、彼のそばにいてあげたいと思った。いや、きっと私がいたいのだろう。なんだか、もう彼を放ってはおけなかった。

シュンはこちらを見つめた。瞳が月を映して光っていた。

「変な神様もいるけど、賑やかなのは嫌いじゃないし、シュンがいてくれたら毎日きっと楽しいよ」

私は微笑んだ。シュンはしばらく信じられないというような顔をしていたが、やがて顔をくしゃくしゃにして泣き笑いしながら頷いた。

今までで一番、彼の気持ちが現れた顔だと思った。

「小豆之介！」

ビクリとして振り返ると、いつの間にか背後に神様が立っていた。

「心配するな。杏月堂の小豆菓子はどら焼き以外も相当美味いぞ」

言いながら、神様は手に持っていた一口最中《もなか》をポイとつまんで平らげた。

「あっ！　また勝手につまんで！」

「美味そうなのが悪いんじゃ～」

本当に無茶苦茶な神様もいたものだ。すると、それまで屈み込んでいたシュンが立ち上がった。

「俺は小豆之介じゃねー！　俺はシュンって言うんだ！」

はっきりと、シュンは宣言した。

「ふん、いい名前じゃないか」

神様はニヤニヤした。

「部屋に戻って最中を食うぞ！」

神様はふわりと踵を返す。

「今日はもう寝るんですよ！　最中は明日にしてください！」

言って私もシュンも、大いに笑った。夏の夜空に昇った明るい月が、静かに庭を照らしている。

◇

今日は七夕祭りと片付けで、すっかり遅くなってしまった。でも、生徒たちはみな楽しそうに過ごしていたし、私自身も楽しかったので、気持ちのいい疲労感だった。

家に帰ってきたが、珍しく神様が迎えに出てこない。今日はコンビニにも寄ってこなかったため、冷凍庫にある鶏ごぼうピラフでもチンしようかと考えながら居間に入ると、卓袱台の上に短冊が載っていた。昨日片付けた気もするが、よく見ると何か書いてある。

「また家族ができますように」

畳に腰を下ろして、もう一度よく彼の字を眺めてみる。なかなか上手な字だ。

庭に目を遣れば、鉢植えの朝顔の蔓が伸び、蕾が膨らんでいた。明日の朝にでも咲くだろうか。

私は短冊を持ち、つっかけを履いて庭に降りる。神様とシュンが、笹竹の近くで微笑んでいた。

「ここに結んでやってくれないか」

神様は笹の葉を指さす。私は願いを込めて、その短冊を結んだ。

夜空はよく晴れている。たくさんの願いが、星まで届くに違いないと思った。風がそよいで、軒先で風鈴がりんと鳴る。来年は神様とシュンも祭りに連れていってやろう。

今年は去年よりも、賑やかな夏が始まりそうだ。

第四章　水底の怪物

八月、夏もいよいよ本番を迎えて、日差しが強烈になってきた。

「夏也ー、アイスを……今すぐわしにアイスを食べさせるのじゃ」

「昨日も散々食べたじゃないですか。もう買い置きはありませんよ」

私は畳の上で伸びている神様には見向きもせず、まだ三百文字以上空欄の四百字詰め原稿用紙と睨み合っていた。書いては消し、書いては消しをしているうちに、紙はそこだけ薄くなりかけている。

ちなみにこの攻防はかれこれ一週間以上続いていた。そろそろ紙の上には風穴が開きそうだが、私の脳内の風通しは一向に改善されない。

「……駄目だ。なんにも浮かばない」

「ほれほれ、そんなときは頭を冷やして糖分を摂るんじゃ。最適なおやつがあるじゃろう」

「だから、アイスはもうありませんって……私は今日午後から学校行かなきゃいけないので、そろそろ……って、もうこんな時間か」

私は時計を見て驚き、慌てて荷物をまとめると玄関に向かった。

「夏也、お財布忘れてる」

「あ、ありがとう、シュン」

「アーイースー」

この世に未練を残した亡霊のように、私に付きまとうだけの神様に比べて、シュンの方がよほど気が利いていた。

「行ってきまーす！」

ガラリと戸を開けて、炎天下の世界に身を投じる。今日の日差しもかなり厳しい。

中学校は既に夏休みに入っていたが、我々教師は会議やら、研修やらと仕事がある。

さらに、部活動の顧問をしている教師は、生徒たちの夏季休暇中の活動も監督しなければならないし、交代で校舎の見回り、プール教室の授業を行わねばならなかった。

先週の金曜、宵山と町の居酒屋で飲んだときには、普段から日に焼けている彼の肌がさらに真っ黒になっていた。

宵山は近所の小学校で体育教師をしているが、夏休みは連日顧問をしている野球クラブの練習に立ち会っているそうだ。

この暑さの中、屋根のないグラウンドで、子どもたちの体調にも気を配りながら監督をしているなんて、考えただけで汗が噴き出してくる。

しかし、宵山は日々成長する生徒たちの姿を見ているときほど、楽しい時間はないのだと言う。

彼は呆気《あっけ》にとられている私の前で、何とも美味しそうにビールを飲み干していた。

そんなわけで、宵山の心意気を見習いつつ、今日も私はうだるような暑さの中、いつもの道を歩いて登校していた。汗でシャツが肌に貼りついて気持ちが悪い。私は汗を拭いながら、ビニールのバッグを持ち替えた。

登校の時点で既に汗だくだが、今日の任務はプール教室の監督なので、自分もプールに入れるし、シャワーを浴びて帰れると思うと少しだけ気が楽になる。

山の方からはミンミンと激しい蝉の鳴き声が聞こえた。たまに、うちの庭にもやって来て鳴いていることがあるが、蝉については神様よりもシュンの方が興味を持っているらしく、木の下に立って不思議そうに見上げていることがよくあった。

座敷童子は多分、家の外に出ることは滅多《めった》にないのだろうし、虫捕りなどしたことがないのであろう。

（今度捕まえてあげようかな……）

シュンにも子どもらしい遊びを経験させてあげたいと、そんなことを考えて坂道を下っていく。

商店街のアーケードは日陰になっているのでマシだったが、駅前から中学校までの舗装された道路は、日の光が下からも反射して余計に暑く感じた。

校門の前を通る国道のアスファルトの上に、ぼんやりと逃げ水が見える。

やっと校舎が見えたと思った瞬間、私は玄関から姿を現した人物に思わずドキリとした。

田舎の広い校庭を挟んで、そこまではまだだいぶ道のりがあるが、私が彼女を見間違えるわけがなかった。

（美帆先生……！）

真夏の太陽に負けない輝きを放ちつつ、彼女はこちらに向かって歩いてきていた。

（な、なんて話しかけよう……今日も暑いですね？　夏休みはいかがお過ごしですか……？　いや、なんかもっとこう気の利いた台詞はないだろうか……）

突然のことで頭が回らず、なんとも言えないつまらない言葉しか浮かんでこない。

私はぐるぐると考え込み、深く俯いたまま歩を進めた。

結局何も思い浮かばないまま、しばらくして顔を上げると、彼女はもう目の前まで近づいていた。

そして私を見るなりニコリと微笑み、会釈をして通りすぎていってしまう。

「……」

私もすれ違いざま、なんとか頭だけ下げられたものの、そのまま振り返りもせず逃げるように校舎に入った。

（……なんか言えよ私！　でも今日もやっぱり可愛かった!!）

また声をかけられなかった情けなさもあったが、こうしたチャンスをことごとく棒に振ってきた私にとって、とりあえず彼女が今、私だけに微笑んでくれたというのは大きな進歩ではないだろうか。

（大丈夫、今日はいい日だ……！）

急な前向き理論を展開することで意識を保ちつつ、私は妙なテンションで職員室へ向かう。

校内は人のいるところにしか冷房を入れないので、玄関も廊下も蒸し暑かった。

（生徒たちは十三時前に登校してくるから、それまでにプールの鍵を開けて、水温の確認と着替えを済ませておかなければ……）

そんなことを考えつつ廊下を歩いていると——

「ヘーイ！　Mr.護堂！」

私は突然、背後から呼び止められた。嫌な予感がしたが、無視するわけにもいかず振り返る。

そのエセネイティブ感漂う発音と、嫌味なまでに自信に溢れた大きな声には聞き覚えがあった。

西園寺《さいおんじ》アキラ。

この中学校のイケスカナイ英語教師だ。私もいい歳をした大人であり社会人として、同じ職場の教員同士、上手く合わせるべきと分かっているのだが、彼とはどうも合わない。

一部の女子生徒たちには人気があるという。しかし、彼はその一挙手一投足が妙に芝居がかっており、極端にナルシストな雰囲気が、私はどうにも苦手だった。

「ああ、西園寺先生も今日は登校日だったんですね」

最悪だなと思いつつ、私は努めて明るく話しかけた。

「Yes!　今日は我が Conversation Circle の秋の弁論大会に向けての Meeting でした！　今年も最優秀賞は間違いなく我々のものデース！」

西園寺先生はそれを言うだけのために、わざわざ髪をかき上げたり、人差し指を立ててみたりとオーバーアクションを取る。

「……そう、ですか」

あまり近寄ると、この一連の動作に体をぶつけられる恐れがあるので、私は一定の間合いを取りながら答えた。

よく見ると確かに、目鼻立ちは日本人離れした派手な造作をしており、美形といえば美形なのかもしれない。ただし、百八十センチ近い長身であるものの、生粋《きっすい》の日本人である。まるでモデルのような風貌だが、教員にしては何だか前髪が長すぎるし、いつもどこかから謎の風に吹かれているような髪型をしている。

（モデルというか、少女漫画の王子様かもな……）

漫画や演劇の世界の中でならともかく、現実世界においては、彼の振る舞いは浮きまくっていた。

でも、まあそれだけであれば、私も我慢できたかもしれない。私が彼を苦手になったのには、実はきっかけがあった。

彼は去年の九月から、うちの中学校にやって来たのだが、なんと赴任二日目にして美帆先生をデートに誘ったのである。人目も憚《はばか》らず、職員室で帰り際の美帆先生に声をかけているところを、私は偶然目撃したのだ。

当然美帆先生は断っていたが、その後も教員同士の懇親会では、必ず美帆先生の隣に陣取っていた。

一方で私は、教頭の隣で全く興味のない盆栽の話を延々と聞かされているのである。

チャラいという言葉が服を着て歩いているような男だ。美帆先生の半径三メートル圏内には近寄らせたくない。

（まぁ、彼氏でもない私には何の権限もないんだけど……）

「護堂先生、よかったらこれからご一緒にLunchでも如何《いかが》デスか？　中学生の理想的なSummer vacationの過ごし方についてDiscussionしませんか？」

西園寺先生は再び両手を合わせたり伸ばしたりと、腕を振り回しながら言った。どこかからスポットライトでも当たりそうな勢いだ。

「いやせっかくですが、私はプール教室の準備があるので失礼します……」

私はとっとと話を切り上げて、職員室へと向かう。

「ああ！　今日はSwimming classですか！　私はday after tomorrow担当デースね。後で見学させてくだサーイ！」

（勘弁してくれ）

私は聞こえない振りをして、そのまま職員室へと逃げ込んだ。

自席に荷物を置いて、プールの鍵を取りに行く。職員室には誰もいなかったが、ボードを見ると運動部の顧問の先生方は出勤しているようだった。

（宵山、今日も練習なんだろうな……）

外の灼熱《しゃくねつ》世界を窓から覗いて、この中でも爽やかに野球をしている宵山の姿を想像し、信じられない思いで、私は一人プールに向かった。

錆の浮いた入り口の鍵を開けて、男子更衣室に入る。中は薄暗く、熱気がこもってムッとしていた。

私は換気をしつつ、水着に着替えてTシャツを着た。教師は生徒と一緒に泳ぐ時間はほとんどなく、プールサイドから生徒の様子を見ている時間のほうが長い。

素肌を日に晒し続けるのも辛いので、いつも上にはTシャツを着ている。

用具倉庫の鍵だけ持って、一面水色に塗装されたプールサイドに出たら、またあの恐ろしい日差しが待ち受けていた。

「あちちち！」

日の当たっている地面を裸足で歩くと、足の裏を火傷《やけど》しそうな熱さに襲われる。私は一旦ホースで辺りに水を撒くことにした。

生徒たちの歩くプールサイドは、直射日光が当たり続けても熱くならず、防滑性のあるビニールの床に貼り替えてあるものの、用具倉庫の前までは未整備であった。

（教職員の足の裏も労ってほしいものだ……）

私は心の中で文句を言いながら、倉庫の中で水温計と塩素の測定器具を探した。気温も水温もこの暑さなので何の心配も要らないが、塩素濃度の確認もしなくてはならない。

午前中に授業をしていたクラスのデータも、記録ノートにしっかりと記載されていた。測定者の捺印には神岡とある。

（午前中は美帆先生が監督だったのか、すれ違いだったたんだな。どうせなら西園寺先生ではなく、美帆先生に会いたかった。それにもう少し早く来ていれば……）

美帆先生の水着姿を想像しかけたところで我に返り、私は慌てて計器類を持ってプールサイドへと向かった。

そして、キラキラと輝く水面を見渡したとき、さっきは気付かなかったが、プールの向こう岸の方に何かが浮いているのが見えた。何かワカメのような深緑色をしている。

（帽子の落し物か何かだろうか？）

私は網を持ってそちら側に向かった。

近付いても、何だか分からなかったが、少なくとも帽子よりは大きい物だ。網がギリギリ届きそうな辺りに、その物体は浮いている。

（まだ準備体操もしていないし、シャツを脱いでまで、水の中に入りたくないな……）

ものぐさな私は、プールには降りずに、精一杯腕を伸ばして網の先の方でそれをすくおうとした。

そのとき——

ぐい。

と、急に網が引っ張られた気がした。

プールサイドギリギリに立って手を伸ばしていた私は、咄嗟に体勢を立て直すことができず、バランスを失って水中へとダイブしてしまった。

一度プールの底まで沈んでから、何とか立ち上がって顔を出す。

「護堂先生⁉」

大きな音を立ててプールに飛び込んだ私に気付いたのか、誰かが更衣室の方からやって来た。

「だ、大丈夫ですか？」

「せんせー、いつも俺たちには飛び込んじゃいけないって言ってるのに、自分ばっかりずるい〜！」

連れ立って現れたのは、私のクラスの生徒、奏汰とお調子者の山田だった。

「あ、ああ大丈夫だ。いや、別に好きで飛び込んだわけじゃなくて、落し物を拾おうと……」

と言いながら、例の緑色の物体を思い出し、すぐに自分の周囲を見回したが、おかしなことに何も見当たらない。

私は近くに浮いていた網を拾って、もう一度底の方まで目を凝らして探したが、何も見当たらなかった。

「あれ……？」

「せんせーずるいー。俺も入りたい～！」

「護堂先生、本当に大丈夫ですか？」

奏汰が心配そうにこちらを覗き込む。

「ああ、ちょっとゴミをすくおうとして滑ったみたいだ。二人とも早かったね」

私はプールから上がって、上からもう一度眺めてみるが、やはり先程の物体はどこにもない。

（何かが反射して、見間違えたのかな？）

不思議に思いつつも、授業時間まではあと二十分ほどあり日差しも強かったので、私は二人と一緒に更衣室に戻り、他の生徒が集まるのを待つことにした。

私は濡れたTシャツを絞りながら、二人がなぜ早く来ていたのか聞いた。奏汰は吹奏楽部の練習があり、午前中から音楽室にいたのだそうだ。

今日は私が監督だと知っていたので、何か手伝うことがあればと、早めに来てくれたらしい。彼の優しさに涙が出そうだ。

一方、山田はプールが楽しみすぎて、我慢ができなかったと言う。私と話している間も、夏休み中ずっと外で遊んでいるのか、日に焼けて真っ黒な顔で楽しそうに笑っていた。

理由は違えど、どちらも本当に可愛い生徒だと改めて思う。ただ、そんな温かい気持ちとは裏腹に、私の中にはどこか不安な気持ちが残っていた。

（さっき見たのは、一体何だったのだろうか……）

十三時になると、授業に参加する生徒たちが集まった。

夏休み中は親の実家に帰省したり、家族で旅行に出かける生徒もいる。プール教室は数日間設けてある期間中に、一回でも参加すればよかったので、人数はそれほど多くなかった。

「じゃあ、シャワーを浴びてプールサイドに集合！　準備体操をするぞー！」

私は生徒らを集めて、準備運動を始めた。その後は、コースごとに分けてクロールや平泳ぎの練習をさせる。

私は主に泳ぎの苦手な子を集め、一番端のコースで教えて、水泳が得意な生徒たちには、ストップウォッチを与えてお互いにタイムを競わせていた。

午後の日差しが、子どもたちの上げる水飛沫に反射してキラキラと輝く。私も何度かプールに降りていたので、幾分暑さは凌《しの》げたが、プールの水は既にお湯のようにぬるくなっていた。

初級の生徒に対して、膝を抱えて水中に沈んだり浮いたりする練習をさせながら、その合間に向こう側の中級、上級向けコースにも目を配る。

一番奥の平泳ぎのコースでは、体育ナンバーワンの実力を持つ山田が、スイスイと泳いでいた。フォームも綺麗だしスピードもかなり速いが、何よりとても楽しそうであった。

その一つ手前のコースでは、奏汰がクロールで泳いでいた。彼は華奢な体つきをしているが、運動もそこそこ得意だ。

だがしばらく見ていると、奏汰はコースを半分ほど泳いだところで急に立ち上がってしまった。普段なら二十五メートルくらいは楽に泳げていたはずだが、息継ぎに失敗でもしたのだろうか。

少し心配になって、そのまま様子を窺う。その後、奏汰は一度辺りを見回してから、再び普通に泳ぎはじめたので、私はひとまず安心して、こちらの生徒の指導に戻った。

「よし、十分休憩だ！　みんなプールから上がれ～！」

授業の後半はコースを片付けて、みんなでゲームをしてから自由時間の予定だった。

生徒たちは一度プールサイドに座らせて、体を休めてもらう。大半の生徒は友人同士隣り合って座り、夏休み中の出来事や宿題の進捗について話をしていたが、山田は早くプールに入りたいのか、待ち遠しそうにじっとプールの水面を眺めていた。

その間に、私が倉庫にゲームの道具を取りに行こうとすると、後ろから奏汰がついてきた。

「先生あの、僕も手伝います」

「ああ、ありがとう」

振り返った私は、そこでようやく奏汰の顔色がいつもより青白いことに気が付いた。彼は元々色白であるが、それにしてもどこか具合がよくないといった雰囲気だ。

「何だか顔色が悪いな。大丈夫か？　少し休んでいた方がいいんじゃないか？」

用具倉庫に入りながら、私は心配になって聞いた。先程まではいつも通りだったはずなのだが。

「いえ、大丈夫です！　宝探し用のボールですよね。あ、ここにありましたよ！」

ボールの入った籠を頭の上まで担いでみせ、奏汰は無理に元気に振る舞ってみせる。何か隠しているのだろうか。

普段から周囲を気遣いがちな奏汰のことだ、私に伝えたいことがあるのだろうが、何か話しにくい理由があるのかもしれない。

「そういえばさっき、クロールの途中で立ち上がっていたけど、あのとき何かあったのか？水でも飲んでしまったとか……」

「えっ？　あっ！」

ぼたぼたっと、奏汰は籠のバランスを崩してボールを床に落とした。何とも分かりやすい反応だ。

すみません、とそれを拾った奏汰は屈んだまま、私を見上げて話し出した。

「護堂先生、あのとき見ていらっしゃったんですね……。それじゃあ、僕の前の方を何かが横切ったのも見えていませんでしたか？」

「横切る？　さあ……あのとき隣のコースでは山田が泳いでいたが、その隣はまだスタートしていなかった気がするけど？」

私が返答すると、

「やっぱりそうですよね……」

と言って、彼は俯く。

「何かに横切られた気がして立ち上がったのか？」

「ええ。何かはよく見えなかったのですが、何かこう、緑色の人影のようなものが……。ただ、誰かがコースを逸れてしまったのかと思って、立ち上がって確認しても誰もいなくて……」

（緑色の……）

それを聞いて私は、先程網を引っ張った緑色の何かの存在を思い出した。

（やはりアレは見間違いではなかったのか？　しかもただのゴミではなく、泳いだり、網を引っ張ったりするとなると生き物なのだろうか？　奏汰と私だけに見えるのであれば、また何か怪しいものの可能性が……）

しかし、まだそれが何だかは分からないし、いたずらに奏汰を心配させてしまってもいけない。私が先程見たものについては黙っていることにした。

「そうか、私もこの後少し注意して見てみるよ。奏汰は無理せず、少し日陰で休憩しててくれないか？　自由時間の前に、私が一度様子を見に行くから。とりあえず、一旦みんなのところに戻ろう」

「はい……」

奏汰はまだ何か心配そうであったが、籠を持って私と一緒にプールサイドに戻った。

その後プールを上から隅々まで見渡してみても、やはり緑色の影はどこにも見当たらない。今のところ何も起きていないし、何だか妙な物を見た気がするからというだけで、急に授業を中断するわけにはいかなかった。

少し心配ではあったが、私はそのまま授業を再開することにした。

奏汰には日陰のベンチで座っていてもらった。みんなにも見学すると伝えると、同じクラスの女子二人――牧田《まきた》と河合《かわい》が心配してやって来ていた。

自由時間に一緒に遊ぼうと思ってたのに、と彼女たちも残念そうだ。奏汰は本当に男女問わず人気がある。

「よ～し！　みんなプールに入っていいぞ！　滑らないようにゆっくりと……」

私が言い終わる前に、山田が弾けるように立ち上がってプールに飛び込んだ。

「こらー山田！　飛び込むなー！」

私が怒鳴《どな》っても、山田は水面から顔を出してニヤニヤしていた。

「さっき先生も飛び込んでたもんね」とでも言いたげな顔だ。

（あれはわざとじゃないのだが……）

生徒たちがみんなプールに入ったところで、私は奏汰からボールの籠を受け取って、宝探しゲームの説明をしようとした。

そのとき――

「Hey 諸君！　待たせたね！　私もこの Game には参加させてもらうよ！」

背後から、本日二回目となるあの胡散臭い声が響いた。聞き間違いであってほしいと思いながら振り返ると、やはり例の極めて面倒な性質の英語教師が胸を反り返らせて立っていた。

（しかも、なんだその教育に悪そうなビキニパンツは……）

西園寺先生は極端に布の面積の少ない水着を着用していた。しかも、ド派手な蛍光ピンクとゴールドで趣味の悪いデザインをしている。

それなりに値段の高いブランド水着なのだろうが、教育現場には相応《ふさわ》しくない。そして、たとえここがビーチであったとしても力を込めて断言できる。

誰も得しない、と。

彼の姿を見るなり、一部の女子生徒が悲鳴を上げた。生徒のトラウマになる前に今すぐ着替えてくれ。

「……なんで西園寺先生が参加するんですか。これは生徒のための授業ですよ」

私が彼の突然の参加表明に抗議すると、笑みを浮かべている西園寺先生は困ったように額に手を当て、ゆっくりと髪を掻き上げた。

「Oh, Mr. 護堂……貴方には分かりませんか？　Communication デスよ！　私はこの体験を通して、生徒たちと同じ目線で触れ合いたいのデス！　お互いをよく理解し合うことが必要だ！　Surely！　生徒たちもきっとそう願っているはず！」

これまた準備体操の代わりになりそうな勢いで、四肢を回転させながら力説する西園寺先生を、果たしてこの場の誰が止められただろう。

彼はその後も、私の「帰れ」という意味の婉曲表現を、悉《ことごと》く意味不明な理屈でかわし続け、結局そのままの出で立ちでプールに入ってしまった。

（手に負えん面倒臭さだ……。ある意味うちの神様や妖怪なんかよりずっとタチが悪いかもしれない……）

　私は呆れ返りつつも、授業を続けるべく宝探しのルールを説明することにした。

「……というわけで、これからこのボールを私がプールに投げ入れるので、笛が鳴ったら潜って拾ってください！　黄色は一点、緑は三点、ピンクは五点。時間は一分間。終了の笛が鳴っても、水から顔を出していないやつは失格だぞ！　点をたくさん集めた人が優勝だ！」

　私が話し終えると——

「OK!　Best を尽くしマス！」

　西園寺先生は、誰よりも力強くガッツポーズをしてみせた。

（お前は頑張るな）

　私は心の中で呟き、ボールをプールに満遍なく投げ入れ、手を挙げる。

「よーし、いくぞー！」

　ホイッスルを咥《くわ》える。

　ピー！

　笛の音と同時に、みんな一斉に水中に潜っていく。

　その場で何度も潜っている子もいれば、潜水したまま周囲を泳ぎ回っている子もいる。

　そんな中で、まるで元々海の生き物であるかのような、滑らかな泳ぎを見せているのは、おそらく山田であろう。

「あったー！」

「ちぇっ、黄色だった」

生徒たちは、プールの隅々にまで広がり、思い思いにボールを捜索している。夢中になって楽しんでいる彼らの笑顔を見ていると、こちらも幸せな気持ちで満たされる。だが、子どもらに負けじと必死に潜っている大人の姿がチラチラと視界に入り、そのたびに複雑な気持ちにさせられた。

私はストップウォッチを確認し、再び笛を咥える。

ピー～！

「はい終了～！　みんな顔を水から上げて、先生にボールを見せて～！」

みんな自分が拾ったボールを掲げる。

奏汰が点を数えるのを手伝ってくれた。ダントツトップはやはり山田。そして二位は——

「……西園寺先生。八点」

「Yes!　次は Top を目指しマス！」

（いや、もういいから帰って）

続く二戦目では、山田と西園寺先生が同点トップとなった。

（生徒に譲ってやれよ……）

本気モードの西園寺先生に呆れつつ、私はもう一度ボールをプールに戻す。

強制的に帰らせようともしたが、二人のバトルを周囲も面白がっており、次で最後のゲームにする予定でもあったので、私は諦めてまた笛を咥えた。

プールサイドに再びホイッスルの音が響き、辺りに水飛沫が上がる。

ただ、今回は無事には終わらなかった。

三十秒ほど経過したところで、西園寺先生の様子がおかしくなったのである（元からのおかしさとは別の意味で）。

それに最初に気が付いたのは奏汰だった。

「護堂先生！」

私が奏汰の指差す先を見ると、西園寺先生が溺《おぼ》れていた。

「ちょっ……⁉　西園寺先生、大丈夫ですか？」

私も慌ててプールの中に入り、西園寺先生のもとに向かう。

「Stop!　やめるんデス！　ああっ！」

西園寺先生は何か喚《わめ》いてから一度沈み、また水中から顔を出して、ようやく立ち上がった。

元々長身なので、足は楽々底につくはずなのだが、泳いでいる間につってしまったのだろうか。

「一体どうしたんです?」

西園寺先生の呼吸が整うのを待って、私は尋ねた。近くの生徒たちも心配そうに我々を見つめている。

すると西園寺先生は、珍しくソワソワと周囲を見回しながら、小声で言った。

「その……My Swimsuitが……」

(スイムスーツって? あ、水着のことか?)

西園寺先生の背後に目を遣ると、先程見た趣味の悪い水着が水面にユラユラと浮かんでいた。

私は西園寺先生の置かれた危機的状況を察した。

すぐに奏汰を呼んでタオルを持ってきてもらい、水着が脱げたことが分からないように、西園寺先生を更衣室に送ってもらった。

他の生徒たちは、すぐにプールから上がらせて休憩にする。

山田はせっかく十五点も集めたのにと残念そうにしていたし、他の生徒も異常な雰囲気にざわついていた。だが、あのとき西園寺先生の全てが露わになっていたことに気付いた生徒はいないようで、本当によかった。

戻ってきた奏汰に西園寺先生の様子を聞くと、彼はまだ興奮していたが、誰かに水着を脱がされたと言って怒っているらしかった。

（まあ、さすがに自分では脱がないだろうけど……）

西園寺先生の水着を脱がせて得する人間もいない気がする。強《し》いて言えば、疑ってしまって申し訳ないが、こういう悪戯が好きなのは山田だ。

しかし、彼は真剣にゲームに取り組んでいたし、十五点分のボールを手に持っていたのだから、実行は不可能だろう。

大体、必死に抵抗する大人の力に、子供の腕力で勝てるだろうか。しかも場所は水中だ。

私はプールサイドで休んでいる生徒たちに、西園寺先生に悪戯した者を見たか念のため聞いてみたが、みんな首を横に振るばかりだった。

奏汰も西園寺先生が溺れる直前まで、偶然そちらの方を見ていたそうだが、彼の周りに人影はなかったと言う。

（やはりあの緑の物体に関係があるのだろうか……）

おそらく私と奏汰にしか見えない類のものだと思うが、一応西園寺先生も何か見ていなかったか確認するべく、私は更衣室に向かう。

水面に浮かんでいた例の水着も、生徒に気付かれないように、早々に拾って手の中に隠していたので、それも返さねばならない。

ところが、更衣室に西園寺先生の姿はなかった。ショックで帰ってしまったのだろうか。

手の中の水着に目を落とすと、薄い生地の水着は腰の辺りが二箇所とも破れているようだった。脱いだというよりは、引き剥がされた感じだ。

（素手ではこんな風に破けないだろう。やはり生徒には不可能だ……）

私はプールに戻り、底に残されたボールを集めながら、水着が引っかかりそうな尖ったものや、ゴミ等が落ちていないか改めて確認したが、やはり何もない。

本日のプール教室はこれで解散にしようかとも思ったのだが、授業を中止にする明確な理由がない。あの緑色のやつが本当に存在するのかも分からないし、生徒の悪戯というわけでもなさそうだ。騒いでいた生徒たちも、既に落ち着きを取り戻していた。

私は悩んだ末、あと十五分間だけなので、自分も一緒に入って生徒たちの安全を確かめつつ実施しようと決めた。奏汰には、上から見ていて何か異変があったらすぐに知らせてほしいと伝える。

私たちはまず流れるプールを作って遊んだ。全員で同一方向に歩き続けることで、プールの水に流れを作ることができる。はじめは抵抗が大きいが、みんなで時計回りに歩き続ければ自分たちが押されるくらいの流れができる。

自分も小学校などで経験して、とても楽しかった記憶がある。並んで手を繋いで一緒に歩いたり戻ったりすれば、波のプールも作れたりする。

（みんなさっきのことは一旦忘れて、この授業も楽しい夏の思い出の一つになってくれればいいけど……）

ある程度の流れができたところで、私は生徒に声をかけて自由時間にした。彼らはボールやビート板で遊んだり、好きなように泳いだりとそれぞれ楽しそうに過ごしている。

しばらくして、奏汰もプールサイドからボールを投げ返したりして遊びに加わり、結局最後の十五分間は、何の問題もなく終了した。

終業の挨拶の後、生徒たちは各自着替えて帰宅した。

私が授業の記録をつけて、プールの中に落し物や片付け忘れた物がないか確認していたら、着替え終わった奏汰が戻ってきた。

「先生、今日はありがとうございました」

彼はまだ濡れている頭をひょこりと下げると、首に掛けたタオルを握りしめながら言いにくそうに続ける。

「……結局、何だったんでしょうね？　西園寺先生のことと僕の見たものには、何か関係があったのでしょうか……？」

「そうだな……。西園寺先生は気の毒だったけど、それ以外はとりあえず何も起きなくてよかったよ」

私は奏汰を安心させるために微笑んでみせる。しかし、最後にプールを確認しようと振り返った瞬間、息を呑《の》んだ。

例の緑色の物体がまた現れたのだ。しかも、それは自分の意志でプールから這い出ようとしていた。

私は咄嗟に奏汰を自分の背後に隠し、息を潜めて様子を窺った。奏汰も異変に気が付いて、騒がずに私の腕から顔を覗かせ、じっとしている。

やつはプールの向かい側の梯子を登っているので、こちらに対しては背を向ける格好になっていた。

にょっきりと水から伸びた腕らしき部分もやはり濃い緑色をしている。よく見ると、指の間には水掻きがついているようだ。

私と奏汰は、息を殺してその生き物を観察する。

やがてゆっくりと水面から頭部が現れた。そこには白く平たい石のようなものが載っている。そしてその部分を除いた周囲に、焦げ茶色の毛がフサフサと生えていた。

少しずつ、謎の生き物の姿が明らかになっていく。その姿を目の当たりにして、おそらく今、私も奏汰も同じことを考えているはずだ。

（この見た目は、やはりあの妖怪……）

もう体の半分が出てきた。水に濡れて光る背中には、亀の甲羅のような物がある。

やはりそうなのだろう。

「河童《かっぱ》……？　ですかね？」

奏汰がそれから目を離さずに呟く。

「信じられないけど、多分そうだろうね」

私も固まったまま答える。

日本の妖怪の中でも、最もポピュラーな部類に入るであろう川に棲む妖怪だ。もちろんフィクションだと思っていたが。

（本当にいたんだな……）

河童はゆっくりとプールサイドに上がると、辺りを見回した。

そして、くるりとこちらを振り返り、私と目が合った途端、驚いたように少し跳ね、再び水中に飛び込んだ。

私も奏汰も慌ててプールに近づき、水面を覗き込むも、既に緑色の影はどこにも見当たらなかった。

その後、二人でしばらく呆然としていたが、プールに再び河童が現れることはなかった。

とりあえず帰ることにして、私はシャワーを浴びて着替えると、職員室に寄ってから校舎の入り口で奏汰と落ち合った。

「待たせてごめんな」

「いえ、いいんです。僕の方こそすみません。何かこのまま一人で帰るのも、気持ちが落ち着かなくて……」

私は奏汰と並んで歩き、校門を出た。

「さっきのって、やっぱり河童なんですよね……？」

「ああ、多分……。でも、あれが河童だったとしても、河童って普通、川とかにいるんだよな？　何でうちの学校のプールなんかにいたんだろう……」

(明日のプール教室は大丈夫だろうか。でもこんなこと、どうやって報告したらいいのだろうか……)

自分たちの見たものに、今一つ実感が湧かないが、このまま放置するわけにもいかず、帰ったら神様に相談してみようかと考えていたら、前方から聞き覚えのある声がした。

「やあ暑いのう。こんな日はやっぱりアイスキャンデーにかぎるわい」

まさかと思い視線を上げれば、通りの向こうから、アイスキャンデーを舐めているうちの神様がのんびり歩いてきた。

「か……！　い、いや、何で貴方がこんなところに？」

神様と言おうとして、奏汰の存在を思い出し慌てて言い換える。

すると神様は、ゆらゆらと手を振って答えた。

「アイスキャンデーの屋台を追いかけて歩いとったらな、何やらこっちの方から妙な気配がすると思ってきてみたんじゃ。そしたらコイツと会ってな」

神様の背後から、先程の河童がひょっこりと顔を出した。

「あ！　さっきの！」

「か、河童⁉」

河童はこちらを警戒するように、体を半分神様の後ろに隠しながら、私たちを見つめている。

改めてじっくり見ると、河童の背丈は神様の膝上辺りまでしかなく、意外と小さかった。

そして神様と同様に、黄緑色のアイスキャンデーを舐めている。そこは胡瓜《きゅうり》ではないのだろうか。

「なんじゃ。お前たち、こやつを知っとるのか？」

「知ってるも何も、さっきうちの学校のプールにいたので、私も奏汰も驚いていたところですよ！」

神様と話している間も、河童の子は恐々《こわごわ》とこちらの様子を窺っていた。

「ああ～。確かにこやつはこの辺りの山中にある小川に棲んでおるそうじゃ。この通りまだ小さくてな」

神様はチョコレート色のアイスキャンデーをひと舐めする。

「ひと昔前までは、夏になると川にも人間の子どもらがよく遊びに来ておったが、最近はめっきり寄りつかなくなってしまっての。遊び相手がおらんで淋しくてしておったそうじゃ」

河童の子は小さく頷き、そのまま俯いた。

「それで、川から田畑の用水路を辿ってきて、人間たちの様子を見ていたらしい。じゃがあるとき、学校という場所に『ぷうる』という池があることに気が付いたと……」

河童はコクコクと頷く。

（河童の子からしたら、プールは池に見えるんだな……）

妖怪側から見た人間の世界というのも興味深い。

「そこで人間の子どもたちが楽しそうに泳いでいるのを見かけて、自分も一緒に泳ぎたかったんだと、そう言っておるよ」

神様の説明が終わると、河童はそわそわと神様の着物の袖を引いた。

「なんじゃ？」

かがみ込んだ神様に、河童の子は何やら神様に耳打ちした。クプクプと、水の泡のような音が微《かす》かに聞こえる。

「ふむ。最初は小学校の方へ行っとったが、黒くて大きな男がいて、物凄い勢いと速さで泳いでおるのが怖かったんじゃな？」

河童は説明しながら、その光景を思い出したのか、どこかびくびくした様子で頷いた。

（宵山だな……）

小学校の体育の教師である宵山の、浅黒く日に焼けた筋肉を思い出す。七月中は毎日のように、プールの授業があったはずだ。

スポーツ万能な彼なら、水泳のタイムも速いのであろうが、河童の子をビビらせる勢いとは、どれほどのものであったのだろう。

「それで、こちらのプールに来るようになったというわけじゃの」

河童は大きく頷いた。

「河童の言葉が分かるなんて凄いです……！」

私の隣で、神様の通訳ぶりを見た奏汰が感動していた。

（この状況での感想としては、少しズレているような気もするが……）

奏汰が若干天然でよかった。

本物の妖怪を前に興奮気味の奏汰は、神様に続けて尋ねる。

「あの、西園寺先生の水着を奪ったのも彼なのか聞いていただけませんか？」

そういえばそうだった。神様は河童の子を見つめて微笑んだ。すると、河童は申し訳なさそうに身をよじってから、また神様に耳打ちする。

神様は一つ頷いた後で立ち上がると、こちらを向いて説明した。

「ふむ。子どもたちの遊びに参加したかったんじゃと。桃色は五点と言うとるが……何のことじゃ？」

「あ、あの水着……！」

私は例の水着の、ド派手なピンク色を思い出して納得した。それは確かに、五点のボールのピンク色によく似ていた。

「あの色の物なら、何でもいいと思ってしまったんだな……」

「騒ぎになってしまって、反省しておるようじゃ。でもグルグル回るプールは楽しかったから、怒らないでまた遊んでほしいと言っておるぞ」

河童の子は真っ黒な目で、私を心配そうに見上げている。

事情を聞いたら可哀想になってきたが、生徒たちを危険な目に遭わせるわけにはいかない。私がどう返答しようか迷っていたら、奏汰が私の腕を掴んだ。

「護堂先生、僕からもお願いします」

真剣な目つきで私を見つめながら、彼は続けた。

「この子はゲームのルールが上手く理解できていなかっただけで、純粋に僕たちと泳ぎたいだけなんだと思います。この子の姿も、僕と先生だけにしか見えなかったみたいですし、騒ぎになることはもうないと思いますので……」

確かにそうだろう。奏汰も遊び友達のいない河童の子に同情しているようだ。私も同じ気持ちだった。

「分かった。来てもいいけど、今日みたいに間違わないように、先生の言うことをよく聞くんだぞ？　後はみんなの邪魔をしたり、悪戯をしたりしないこと。約束できるかな？」

河童の子は、大きな目をまた一段と大きくしてから、何度も何度も頷いた。

それから河童の子は、メロン味のアイスキャンデーをかじりつつ、嬉しそうに川に帰っていった。

彼を見送った私たちは、道の先でまだ座っていたアイス屋さんを見つけて、渇いた喉を潤そうと一本ずつ買って帰ることにした。

私はミルク、奏汰は苺、それから留守番しているシュンにソーダのアイスキャンデーを買った。

神様がもう一本と手を伸ばそうとしていたため、私はお腹を冷やすからダメですと慌てて止めに入る。

神様のお腹が冷えるのかは分からないが、奏汰がいるのでアイスの幽霊だけもらうわけにはいかないのだ。店員にも神様の姿は見えないし、事態が拗《こじ》れぬうちに、その場は上手くやり過ごした。

交差点で奏汰と別れ、私と神様は二人並んで歩く。

「ミルク味なんてお子ちゃまじゃのう」

二本目が食べられず、神様は憎まれ口を叩く。

「いいじゃないですか。私はこの味がシンプルで一番好きなんです」

私はアイスキャンデーの包みを解いて、神様の前に突き出す。

「はい、どうぞ」

「お前がいいやつだってことは、よく知っておったぞ」

神様は嬉しそうに、私のアイスキャンデーの幽霊を取り出す。

神様が全部抜き取るのを待ってから、私もアイスを頬張った。

小さな頃に食べた味と変わらない、懐かしいミルクの甘さが広がる。幼かった頃、父に買ってもらった記憶がある。多分、今日のようなとても暑い日。そのときから私はミルク味が好きだった。

「そーいや友和もミルク派じゃったかのう？」

「え、そうなんですか？」

「まあ、わしは何でもイケるがの。チョコもミルクも……ソーダもさっぱりしていいのう」

そう言って神様は、チラリと私の手を盗み見る。

「これはシュンのです！　今日はもう本当にそれが最後ですからね！」

「ちぇー」

今日は色々ヒヤリとしたけれど、何とか事態を収めることができてよかった。

ちなみに西園寺先生は、その後のプール教室にスーツタイプの水着で登場していた。どこで買ってきたのだろうか、全くめげない人である。

あの河童の子も、それから何度もやって来ているようで、私の二回目の担当日にも、生徒たちの横に並んで、しっかり準備体操をしていた。

（夏休みの間だけだけど、可愛い妖怪の生徒ができたな）

空は今日もよく晴れている。絶好のプール日和だ。人間の子にも妖怪の子にも、楽しい夏休みの一日になりますように。

そんなことを思い、私は胸に下げたホイッスルをゆっくりと咥えた。

第五章　嵐と珍客

――非常に大型の強い台風が近づいています。今夜から明日未明にかけては、特に用心してください。

テレビのニュース番組では、今夜直撃する台風について、繰り返し警戒を促している。暑かった夏がようやく終わろうという九月の半ば。

今朝も出がけに、玄関の掃き掃除をしている隣のおばちゃんに声をかけられた。

「あら、おはよう護堂君、今日の台風は大きいのが来るから、早く帰って準備をしなきゃ駄目よ」

桃色の割烹着を身に纏ったおばちゃんは、竹箒を握り締めて念押しした。普段はニコニコしているのに、今朝は何やら真剣な様子だ。

「準備？」

私はピンと来ずに、聞き返す。

「ほら、硝子戸のままだと飛んできた物が当たって割れたりして危ないでしょ？　雨戸は帰ったらしっかり閉めるのよ。鉢植えやなんかは、家の中に避難させとかないと。帰りが遅くなりそうなら、おばちゃんも手伝ってあげるから」

私はやっと合点がいった。

「ああ、そういうことですね！　今日は生徒たちも早めに帰らせますので、私も早く帰宅して台風に備えるようにします。ありがとうございます」

「そう。それはよかったわ。気を付けて行ってらっしゃい」

おばちゃんは安心したのか、またいつもの笑顔に戻って手を振った。行ってきますと手を振り返して、私は学校へと向かう。

一人暮らしでも、いつも隣のおばちゃんが母親のように接してくれる。まあ、神様もシュンもいるので、今は寂しくないのだけれど、何だか嬉しかった。

台風は心配だが、私は温かな気持ちで坂道を下る。中腹まで来ると、右手に小さなお地蔵様が手を合わせて佇んでいるのが見えた。

このお地蔵様は、いつもこの場所で、通りを行く人々にふんわりと優しく微笑みかけている。

私はこの道を通ううちに、このお地蔵様に親しみが湧き、前を通るたびに心の中で挨拶をするのが習慣になっていた。

今日も挨拶をしながら、ふとお顔を覗き込んだのだが、いささか不安そうな表情をされているように見えた。

まさか石像の表情が変わることなどありはしないので、気のせいであろう。私がつい先程、おばちゃんから台風の話を聞いたからだろうか。

学校でも、休み時間に生徒たちから聞こえてくる話は台風の話題ばかりだ。

山田にいたっては授業中も、不思議そうにずっと窓の外を眺めていたため、授業に集中するようにと何度も注意した。

しかし、いつもと違う空の様子に、クラス中がどこかそわそわとしていたのは確かだ。

普段は誰よりも真面目に授業に取り組んでいる奏汰でさえも、何となくぼんやりとしている様子だった。

ホームルームでは生徒に、寄り道せず早めに帰宅し、外出を避けるようにと伝える。

「明日の朝も、酷い雨風であれば休校になります。その場合は、緊急連絡網で電話がいくので、自分が誰に回すかよく確認しておくように！」

私の言葉に、クラスの生徒たちはにわかに沸き立った。

「喜ぶのはまだ早いぞ。それを見越して宿題をちゃんと用意してあるからな～」

そう言って、私が教卓の中からプリントの束を出したら、案の定大ブーイングが起きた。

その後、教室や部室に残っている生徒に帰宅を促し、自分は一度職員室へ戻る。室内を覗くと、教職員もあらかた引き揚げたようだった。美帆先生の姿も見えない。

（……先生のお宅の台風対策なら、頼まれればいくらでもお手伝いするのになぁ）

などとぼんやり妄想してしまったが、私もとっとと帰って自身のボロ家の心配をした方がいい。

そうこうしていたら、廊下の向こうから西園寺先生がやって来るのが見えたので、私は急いで荷物をまとめた。

プールの一件から、西園寺先生はなぜか私に対して妙に親しげに接してくるのだが、相変わらず彼に対して苦手意識のある私は、あまり絡みたくなかった。

彼に話しかけられないうちにさっさと退散しようとすぐに鞄を抱えたが、廊下の方から話し声が聞こえてきて、私は思わず足を止めてしまった。

「Ms. 神岡もお帰りデスか？」

「あ、西園寺先生。はい、うちのクラスの生徒も全員下校しましたので、私もそろそろ引き揚げようかと思います」

（……な、美帆先生⁉）

どうやら廊下で西園寺先生と美帆先生が話しているらしい。

「今回のTyphoonはかなり強力だそうデスから、Please be carefulデスよ！　お困りのことがあったり心細いときは、Any time西園寺にお電話くださいッ！」

（アイツ……！）

今すぐ廊下に飛び出していって、「いいえ、その胡散臭い英語教師にではなく、私にお電話ください！」と叫びたかったが、当然そんなことできるわけもない。

「ありがとうございます。西園寺先生もお気をつけて」

西園寺先生のグイグイ感に引いている様子もない、優しい美帆先生の声。自分に向けて言ってほしかった言葉。

自分には自然な挨拶すらままならないことが、悔しいやら情けないやらで、私はその場でしばらく拳を握り締めたまま立ち尽くしていた。

「Oh?　Mr.護堂？」

職員室に入ってきた西園寺先生がこちらに気が付き声をかけてきた。

「私も帰ります……西園寺先生もお気をつけて」

「Thank You!　Mr.護堂もPlease be carefulデス！」

私は美帆先生の言葉の代わりに、西園寺先生の輝く満面の笑みと温かな言葉をちょうだいして職員室を出た。

校舎の外へ出ると、既に風が強くなってきた。遠くの空の色が深緑色をしている。珍しい色だなと思いながら早足で家に帰り、すぐに居間のテレビをつけた。

アナウンサーが説明するには、ここ数年で最も大きな台風が襲来するらしい。何だか毎年同じようなことを言われている気がするが、数年後はどうなってしまうのだろうか。

しかし、そんなに強い台風であれば、このボロ屋敷もいよいよ最後という可能性もある。とっとと貴重品だけ持ち出して、どこかもっと丈夫な建屋に避難しておいた方がいいのではないだろうか。

不安を覚えつつも、隣でお茶を飲んでいるシュンの視線に気付き、やはりここを離れることはできないと思い直した。シュンは座敷童子という立場上（？）この家を離れることができないのだ。

もっとも、彼自身の判断で出ていくことは可能なはずだ。それなのに、座敷童子のいなくなった家は没落するという話があるから、彼も私に気を使ってくれているのか、たとえ散歩や買い物であろうともシュンはこの家を離れようとしなかった。

それならば、いっそ一緒に新しい住処に越してしまえばいいのであろうか。

とにかく、今は他に行くあても金もない。できることといえば、吹っ飛んでしまいそうな鉢植えやら庭道具やらを屋内に片付けて、雨戸をしっかり閉めるくらいだ。

おばちゃんの忠告通り、夜遅くなる前に準備してしまわなければならない。

私が台風対策で右往左往している間も、神様はゴロゴロと横になって、私が楽しみにとっておいたたまり醬油の海苔煎餅を、いつの間にか茶箪笥から引っ張り出してかじっている。

どうせ食べているのは煎餅の幽霊であるから、特に減るものではないものの、癪《しゃく》なことに変わりはない。

神様はこの世の物に直に触れるのは疲れるから嫌だと言っていたが、茶箪笥の戸だけは、どんなにきちんと閉めておいても勝手に開けてしまう。恐るべき食い意地である。

(たとえ神であろうとも、食べた分は働くのが、道理ではないのか……)

そう思った私は、神様に尋ねてみる。

「神様、台風を遠ざけることってできないんですか？　なんかこう、神通力的な、災害から護ってくれるような……」

「無理～」

神様はあっさり否定して寝返りを打った。

「そんな二文字で簡単に諦めないでくださいよ。船が出港するときとかも、嵐を避けて船が無事に帰ってきますようにとか、海の神様に祈るじゃないですか」

私は食い下がった。

「ふーむ、嵐の原因が直接祟《たた》りや悪霊の仕業だとすれば、わしでもまだ何とかしようがあるかもしれんが、台風なんて自然現象じゃろ?」

神様は真顔で答えた。

「えっ……いや、その、天候を司る風の神様とか、南国の洞穴の奥に棲まう妖怪が台風を生み出していたりとかないんですか? 彼らを説得して、あんまり強いのはやめてもらうみたいな、そういった感じのことって……」

神様から自然現象という言葉が出てきたことに動揺し、なんとか霊的な現象に結びつけたいと思った私は、半ば強引に昔民話などで読んだ話を並べてみた。

すると、それまで黙っていたシュンが、

「海面の水温が二十七度以上の暖かい海上で積乱雲が発達して、強い上昇気流を発生させ、その上昇気流が熱帯低気圧を生み出し、最大風力が毎秒十七・二メートルを超えると、台風って呼ばれるんだって。俺、テレビで見たよ」

と、さらりと諳《そら》んじた。

なんだその恐ろしい記憶力は。

「夏也は二十七にもなって夢見がちじゃの」

神様がニヤニヤと冷やかす。

人間の、仮にも教師である私が、神様と妖怪に科学的に台風を説明されてしまった。

（なんだか妙に恥ずかしい……）

「まあ、台風に発生元があるのは確かなんじゃがな。アレにも色々事情がある。とにかく放たれてからでは、わしにはどーにもできん」

神様は何やら意味深なことを呟くと、また元のように横になり、その興味はお煎餅へと戻っていった。

私は神様に助けを求めるのを諦めて、素直に庭や雨戸を確認して回ることにした。すっかり準備が終わって居間に戻ってきたら、テレビの台風中継は間もなくこの地域にも台風が直撃すると報じていた。

（間に合ってよかった……）

ニュースをチェックしながら、私も海苔煎餅をかじって一息つき、夕飯の支度に取りかかる。台風が心配でまっすぐ帰宅してしまったので、冷蔵庫には大したものがなかった。

（冷凍しておいた鯵《あじ》の干物を焼いて、昨日の残りの玉ねぎの味噌汁とご飯で簡単に済ませよう）

冷凍庫から鯵を取り出して、ふと勝手口を振り返ると、闇の奥から飛んで来た雨粒が、硝子戸に激しく打ちつけられていた。

時折、獣の唸り声のような低く鋭い音を立てて、大風が吹き抜けていく。そのたびに、我が家の雨戸や雨樋《あまどい》がガタガタと音を立てた。

不安を感じつつも、ガス台に火を入れようとしたそのとき――

タンタンタンタン……

どこかから、何かを叩く音が聞こえてきた。

（家鳴り……？　なんだ、また妖怪か？）

鍋の蓋はしっかり閉まっている。台所妖怪はあれ以来姿を見せていない。私はじっと耳を澄ます。

タンタンタン……

（音は居間から……？　いや、玄関だ。扉を叩く音がする）

しかし、今は台風がちょうどこの辺りにやって来たところだ。雨脚も風もかなり強くなっている。まともなお客とは思えなかった。

いや、それともこの嵐の中で本当に困っている人なのだろうか。

玄関へ向かうと、確かに磨りガラスの向こうに人影があった。こんな嵐の日に、家の前を通る人などいるだろうかと不思議に思うも、この雨風の中で閉め出しておくわけにもいかず、私は鍵を外して引き戸を開けた。

隙間ができた瞬間に、轟《ごう》と凄い音と風が吹き込んできた。

私は一瞬目をつぶってしまったが、そのまま戸を大きく開ける。

すると、そこには頭のてっぺんから足の先まで、すっかりずぶ濡れになった、着物姿のお侍が立っていた。

（またか）

嫌な予感は確信へと変わり、関わってはならないという警告が全身を支配する。このまま何も見なかった振りをして、今すぐこの戸を閉めたい欲求に駆られたが、人としてそれはできない。

「夜分にかたじけない。この嵐の中、動けなくなってしまった。一晩だけこちらで雨宿りさせていただけぬか」

お侍は雨をたっぷりと含んだ着物を重たそうに着ていた。長い毛を後ろで無造作に結っているが、それもぐっしょりと濡れそぼっている。

しかし、切れ長の目に宿す眼光は鋭く、お願いされているというよりは威圧されているような、断りきれない雰囲気があった。

このようなことは、現実にはそうないが、昔話にはよくある展開だ。ここで困った人を助けてあげるのが、おそらくハッピーエンドへの分岐となるはずで、追い返したりする意地悪爺さんには大抵不幸な仕打ちが待っている。要注意である。

また、訪ねてきたのが綺麗な娘さんで、しばらくの間嫁になってくれるという素晴らしい展開も存在する。だが今回は残念ながら、やや強面《こわもて》な壮年の男性だ。心底残念である。

気のいい村の若者は、ここであっさり訪問者を家に通すのであろうが、得体の知れない人間を家に招き入れることが、こうまで勇気を要するとは、身をもって体験せねば分からないものだ。とりあえず不安しかない。

しかし、やはり相手が人間かどうかも怪しい謎のお侍であろうとも、ずぶ濡れの人を外に放り出しておくわけには、やっぱりいかないのである。

「嵐の中大変でしたね。汚い家ですが、よかったら上がってください。ちょうどお風呂も沸くので、入って温まっていってください」

「いえ、こちらで結構。構わんでください」

お侍はそのまま、三和土に座ろうとする。

「いやいや！　そういうわけにはいきませんよ。さあ、どうぞ」

私は急いで着替えとタオルの準備をする。お侍さんにも似合う代わりの着物など当然持ち合わせていないので、夏場に部屋着にしていた甚平《じんべい》を貸し出すことにした。

お侍が風呂から上がったら夕飯にするべく、彼を浴室に案内した後、私は料理を再開した。鯵はもう一匹あったので追加して焼き、味噌汁もなんとか足りそうだった。

嵐の様子や、正体のよく分からないお侍に対する不安はあったが、干物を焼く芳ばしい香りは、日々の生活を思い出させ、少しだけ緊張を和らげてくれる。

卓袱台に二人分の食事を用意して待っていると、私の甚平を着たお侍さんが居間に入ってきた。立派な筋肉のついた体は宵山以上に大きく、私の服ではサイズが小さそうだが仕方がない。

「そちらに座ってください。残り物ですがよかったらどうぞ」

「突然押しかけた上に、このようなもてなし……誠にかたじけない」

お侍は並べられた食事を見て恐縮しながら席に着いた。改めて彼を見ると、三十代後半くらいか、無精髭を蓄えて無骨な風貌であったが、風呂を出てサッパリとした顔は鋭さが多少和らぎ、精悍な印象を受ける。

「夏也～。夕餉《ゆうげ》はできたか～?」

そのとき、ふいに二階からシュンを連れて神様が下りてきた。

私は返事をしようとして、咄嗟に口を噤《つぐ》む。

（しまった。まただ……どうしよう。このお侍に神様が見えない場合、ここで私が返事をしたら、やっぱり変な目で見られてしまうだろうか？　しかし、この際変なのはお互い様ではないだろうか？）

私が思案しながら彼の様子を窺っていると、お侍はやって来た神様の方を振り返り、片眉を上げた。

「これは……」

どうやら見えているらしい。まあ、彼もおそらく人ではないだろうと察しはついていたが。

「ほう、こんなところにどうした？　お前さん、アレの番をしていたんじゃないのか？」

神様は腰を下ろし、湯呑を手に取り一口飲んだ。

（知り合い……なのか？）

「なぜ貴方様がこちらの御宅に……？」

お侍は驚いた様子で神様を見つめている。

「お主とて、人の子の家になぜ現れたのじゃ？　嵐とともに北東に向かうはずではないのか？」

聞き返す神様に、お侍は両手を膝につけて俯きながら答えた。

「拙者恥ずかしながら、先程この近くで野分《のわき》の龍から落ちてしまいました。本来なら、あれがこの国の外に出るまで、お供するのが私の務めですが、下空の雨雲が厚すぎて空に戻ることが叶いません。今回はこちらで降りたまま、明日には南へ戻ろうと思います」

（え……？　なんだって？）

「ほう、お前にもそんなことがあるんだねぇ」

神様は漬物をひとつまみすると、腕組みをした。

「言い訳がましいようですが、最近の龍は気性が荒いものが多く、なかなか乗りこなせずにいます」

お侍は溜息をついた。

「あの……話が全然見えないのですが……」

私がおずおずと会話に口を挟んだら、神様がお茶を片手に説明してくれた。

「大きな台風の中には大抵龍がおるんじゃ。それぞれに色々な役目を仰せつかって、この国を横断して回るんじゃがの。こいつはその龍の付き添いで、龍に跨《また》がってこの国の端から端まで案内をする。用心棒兼案内人じゃ」

「龍⁉」

「うむ」

神様は何の不思議もない様子で、私の鯵に箸をつけた。

「龍ってあの……蛇みたいに長くて、でも凄く大きくて、角や鱗や髭があって空を飛ぶ、空想上の生き物ですよね？　本当にいたんですか⁉」

　私は思わず神様に詰め寄る。

「そりゃおるよ。龍の説明としちゃまぁ、そんなところじゃな。空想の、という部分以外は大体合っておる。龍にも色々な種類がいるがな。龍神と呼ばれる位《くらい》の高いものから、他の神の使いの場合や、湖や沼の主、人を襲う邪悪なものまで、性格にも差があるし、見た目も様々じゃ」

　神様は鯵の干物の骨に沿った身の部分、私にとっては「一番美味しいところ」をペリペリと剥《は》いで、幸せそうに食べた。もちろん幽霊なのだが、神様はお魚も上手に食べる。

「それで、こちらの方はそれに乗ってこられたと……あっ、どうぞ召し上がってくださいね！」

　私はお侍が先程から箸をつけていないことに気が付いて促した。

「では、いただきます」

　お侍は大きな手を合わせると、箸を取ってバリバリと鯵を食べた。よほど腹が減っていたのか、ご飯も味噌汁ももりもり平らげた。実に男らしい食いっぷりである。

　私はその様子に驚き、質問を忘れて見入ってしまった。豪快な食べ方自体はいかにもお侍といった風で、何の違和感もない。私が気になったのは、彼が食べたものが幽霊ではなかったことである。

彼の箸がつまんだのは、「それ自体」であり、ちゃんと米も魚も、食べただけ物体として消えていた。本来は当たり前の話なのだが。

（……ということはつまり、彼は人間なのだろうか？）

私はお侍の食べる様子を呆然と見つめていたが、あまりジロジロ見るのも失礼だと、我に返って話しかけた。

「た、台風と一緒に移動してこられたなんて大変ですね」

いくら気になるからといって、いきなり「貴方は人間なのですか？」とは聞けず、私は当たり障りなさそうな言葉をかけて、お茶のお代わりを注いだ。

「かたじけない。いや、野分の中心では雨風はほとんどないゆえ、比較的穏やかな状態で進めるのですが、この辺りの空を移動している際に、龍が突然暴れ出して振り落とされてしまったのです」

龍が上空何メートル辺りを飛んでいるのか知らないが、天から落ちてもほぼ無傷でいられるということは、やはり彼は普通の人間ではないのであろう。

空にいる間だって、酸素量や気温など、とても普通に生きられる環境でないことくらい、私でも想像がつく。

「アンタは、この国の端から端まで行ったことがあるってこと？」

お侍の話を聞いていると、それまで黙っていたシュンが突然口を開いた。大きな瞳でお侍をじっと見つめている。

お侍は彼を見て、何かを察したようだった。

「ああ、南の端から北の端まで、龍の背から眺めたことがある。この国は広い。人の住処も増えたが、深い森や山もそこら中にある。神々や妖怪だって、まだまだちゃんとおったぞ」

シュンは興味深そうに、お侍の話を聞いている。座敷童子なので、あまり外の世界に触れる機会がないのだろう。この家と決めたら、長ければ何十年、何百年もその家の中で暮らすのだ。

そのせいか、シュンはテレビを見るのも好きだった。

突然、ガタガタと雨戸が一層激しく鳴った。大風が通り抜けたらしい。先程の直撃から時間が経ったので、ピークは去ったはずだが、本当にこの家は明日の朝までちゃんと建っていられるのだろうか。某コント番組のように綺麗に倒壊してしまっては、洒落《しゃれ》にならない。

「風、まだ強いですね。そろそろ離れていってもいい頃なんですが……」

私は台風情報を確認すべく、テレビのスイッチを入れた。画面の中では屋外の取材現場とスタジオとが、交互に切り替わっている。

風が強いため、現場のアナウンサーは傘ではなく、雨合羽を着込んで風雨に抗おうと試みていた。

しかし、それすらも引き剥がさんばかりの強い風に吹かれ、今にも画面の枠から押し出されてしまいそうだ。

「凄いなぁ。コレの上に龍が飛んでいるなんて……」

私はいまだに信じられない思いで、画面の中の真っ暗な空を見つめた。当然龍の姿が見えるはずもない。画面の映像は、またスタジオへと切り替わった。

『先程から急速に速度を落とした台風の進路についての続報ですが……え、これは、そんな……』

画面に映った気象予報士の男性が、スタッフの持ってきた最新情報らしき書類に目を通して、急に狼狽しはじめた。

小声でスタッフに確認を取ろうとしている様子だが、マイクはしっかりと彼の声を拾っていた。

『ちょっと、コレは何かの間違いじゃないですか？　台風が南西へ……って逆走しているじゃないか。そんな……台風が元来た方へ帰っていくなんて……この状況ではあり得ないですよ⁉』

「逆走⁉」

私は驚いて画面に詰め寄った。テレビ中継は、慌てた気象予報士とスタッフが資料を確認し合うところで途切れて、ＣＭになってしまった。

「これは……？」

私が振り返ると、神様もお侍の方を向いて首を傾げている。お侍も不思議そうな、何が起きているのか分からないといった表情だ。

シュンはお茶を啜って卓袱台に置き、ぼそっと呟いた。

「龍が戻ってくる……」

居間はしんと静まり返り、テレビの音だけが響く。

「えっ、な、なんで？」

私は慌てて卓袱台に戻る。

神様はこんなときもマイペースを崩さず、

「落し物を拾いに来たんじゃないのかい？」

と、欠伸《あくび》をした。

「解せぬ」

彼らが分からないのに、私に龍が戻ってくる理由など分かるはずもなく。私に分かることといえば、あんな台風が家に迎えに来たら、確実にこのボロ屋敷がお陀仏《だぶつ》になることだけである。

「道が分からなくなって、この人を探しに戻ってきた……とか？」

シュンが小首を傾げながら呟く。いずれにせよこのままでは、『オズの魔法使い』よろしく、この家ごと空に吹き飛ばされてもおかしくない。その場合、異国へ運ばれるどころか、そのまま空中分解するだろうが。

（まあ、どこかに不時着したところで、ブリキの木こり、かかし、ライオンではなく、神様と座敷童子とお侍での旅になるが……）

私は何やら混乱してきた。

ガタガタガタ！

また、雨戸が大きく鳴った。

（まずい、壊れる！）

私は思わず立ち上がった。

「拙者がこれ以上ここにいては、ご迷惑をおかけしてしまう」

お侍はすっくと立ち上がり、玄関へ向かおうとする。

「あっ、待ってください！　こんなときに外へ出ては危険です！　雲の下がこの嵐では、どのみち龍のところへは行けないんでしょう？」

私は慌ててお侍を追いかける。

「やるだけのことはやってみましょう」

お侍はずんずんと廊下を進んで、勇ましく玄関を開けた。

扉が開いた途端、先程とは比べものにならない勢いで風が吹き込んでくる。

しかも、何だか少し生暖かくて、草むらのような青臭い香りだ。

扉の向こうにはいつもの景色ではなく、視界一面の草色が広がっていた。そして大きな目玉が二つ、こちらをギョロリと見つめている。

私は目を疑ったが、紛れもなくそれは――

「龍だ……」

私は口を閉じるのも忘れて、その場に立ち尽くしてしまった。

でかい。

顔だけでうちの玄関いっぱいある。その大きな目玉ひとつでも、大人が一抱えできるか分からないサイズである。

（人を食ったりするのだろうか……）

不安はあったが、頭のどこか遠くによぎるくらいで、私は不思議と冷静さを保てていた。

「ほぉ、まだ若いな」

そう言いながら、神様が奥からのんびりと出てくる。シュンはその背中越しに顔を覗かせ、龍の大きな顔を見て目を丸くしていた。

（若い龍なのか？）

龍の瞳は透き通った浅葱色《あさぎいろ》をしていた。こちらを睨みつけるというよりも、何やら興味深そうに見つめている感じで、恐ろしさよりもどこか愛嬌《あいきょう》がある顔立ちをしている。

髭や鱗は雨に濡れていたが、艶々として美しい曲線を描いており、大きくて太い角を二本、頭から生やしていた。

「拙者を迎えに来たのか？　しかし、人目については厄介なことになる。こちらにもこれ以上ご迷惑をおかけするわけにはいかない。早々に立ち去るとしよう」

お侍は龍の鼻先を撫でた。龍は嬉しそうに目を細めている。確かに、親に甘えるような表情にも見えた。やはりまだ子どもの龍なのかもしれない。

「いや、大変世話になった。このご恩は忘れぬ」

彼は振り返って、深々と頭を下げる。

「いえいえ、お気になさらず！　この後の道中もどうかお気を付けて」

「もう落ちんようにな！」

「いざ、さらば！」

お侍は短く叫ぶと、龍の顔を駆け上がって頭の裏に跨り、たてがみを束ねて手綱のようにしっかりと握った。

「グゥ……！　ゴァァ！」

大量の風が、龍の口から噴き出して、また吹き飛ばされそうになったが、なんとか堪《こら》える。

龍は嬉しそうに一声あげてから、首を浮かせて大きく伸び上がった。

落ち葉が舞い上がり、庭木がガサガサと激しく音を立てる。ギシギシと軋みながらも、我が家はかろうじて形を保っていた。

すごい勢いで尻尾まで浮かび上がったところで、私たちは慌てて玄関の外に出て空を見上げる。不思議なことに、風は強いが雨は降っていなかった。

龍とお侍はぐんぐんと空に昇っていく。周囲には厚い雲がかかっていたが、この家の真上だけは雲間ができて明るい月が覗いていた。

龍はあっという間に天高く舞い上がり、お侍と龍の姿は小さくなって、やがて見えなくなる。

彼らを見送った後も、我々はそのまましばらくの間、無言で空を眺め続けていた。

「……なんだか、まだ信じられない気持ちです」

私は夕飯を片付け、お茶を淹れ直して席についた。神様とシュンも一緒に卓袱台を囲んでいる。シュンは今しがた起きた事態にとても興奮している様子だった。

テレビでは、ようやく台風の進路が正常に戻り、急速に北東へ進みはじめたと放送していた。

「俺、初めて龍を見た！」

大きな猫目をキラキラと輝かせて嬉しそうに語るシュンは、いつもより幼く見える。

普段は部屋の隅で大人しくしていることが多いので、シュンの子どもらしい反応を見ると、私は少しだけ嬉しくなる。

「まさか龍にまで会うとはなあ……。神様、あの龍はやはりお侍を探しに戻ってきたのでしょうか？」

「ああ、シュンの言っていた通り、自分だけでは道が分からなかったのかもしれんな」

私が尋ねると、神様はお茶請けに出しておいた甘納豆をつまみながら答えた。

私も一粒つまんで、お茶を啜《すす》った。まぶされた砂糖が口の中でゆっくり溶けていき、噛むと豆の優しい甘さが広がった。

えんどう豆の鮮やかな緑色を見つめて、また龍を思い出した私は、ふとした心配に思い至った。

「さっきの龍、お隣のおばちゃんに見られなかったでしょうか……？」

「大丈夫じゃ。お前のような者なら見ることができるが、普通の人間には見えん。やけに大きな風が吹いたとでも思っておるだろう」

そう言って、神様もえんどう豆の幽霊をつまみ上げる。

そういえば、お侍さんは夕飯をちゃんと「食べて」いた。一体彼は何者なのだろうか。

「神様はお侍さんと以前からお知り合いだったみたいですけど、あの方って人間なんですか？　それとも……？」

私が言い切らないうちに、神様はもう一粒甘納豆を口に放り込む。

「ん、アイツか？　人間じゃよ。元は」

「元は……って？」

「人間のままじゃ、龍の案内人は務まらんよ。アイツはわけあって人間をやめた。それからはああやって龍に乗り続けているのさ」

「人間から妖怪になったってこと？　着物着てたけど、あのおっさん幾つなの？」

シュンも気になっていたようで、卓袱台から身を乗り出して聞いた。

「さあ……無論わしよりは歳下じゃろうが、もういちいち数えとらんのう。さて、わしはもうそろそろ疲れたわい」

神様は欠伸をして立ち上がると、ふわふわと部屋を出ていった。

そういえばもう夜も遅い。気になることはまだまだあったが、私も風呂に入って寝るとしよう。

(台風、お侍、龍……)

温め直した湯に浸かりつつ、先程までの出来事と、あのお侍もこの風呂に入っていったという、信じがたい事実に思いを巡らせる。

(そういえば、彼が昔からの知り合いなら、神様の社がどこにあるのか知っていたかもしれないな……)

ぼんやりと考えながら、私は窓に視線を移す。水滴のついた窓ガラスの奥は、深い闇色に沈んでいる。動かずにいると、天井から滴る水滴とまだ強い風の音だけが聞こえた。

(叔父は、さすがにお侍とは会っていないだろうな……)

押入れで見つけた叔父の手帳は、見つけてすぐ、ざっとではあるが目を通していた。神様に関することが少しでも書かれていないか確かめたかったのだ。

しかし、レシピ以外にはスケジュール表や日記のようなメモがあったものの、神様の社に関する情報は書かれていなかった。

それ以降、手帳を開くのは、簡単に作れそうなおかずのレシピを探すときくらいだった。

ただ、最近手帳を広げた際に、台所妖怪に見えなくもない落書きを見つけている。

（以前見たときは気にしなかった落書きやメモに、今読み返してみると理解できるようなメッセージがあったりはしないだろうか……）

色々と考えて浴槽に浸かっていたら、そのままのぼせそうになったので、私は慌てて風呂から上がった。

居間に戻ったら、シュンが暗闇の中、窓の外を眺めていた。

「おやすみ、シュン」

私が声をかけると、シュンはおやすみとこちらを振り返るが、すぐにまた窓越しに夜空を見上げた。

もう、龍の姿などとっくに見えないはずだが、よほど今日のことが面白かったのだろう。

普通なら、子どもには早く寝なさいと言うところであるが、妖怪の子に夜更かしをするなと言うのも妙な気がしたので、普段から注意していなかった。

私は神様を探して、お侍のことを聞いてみようと思ったが、北の和室にも二階の部屋にも、やはり神様の姿はなかった。

夜になると、いつも神様はふらりとどこかへ姿を消してしまうのだ。

初めは神様の寝床を用意しなければとも考えていた。だが、夜になると決まっていなくなってしまうため、神様はきっと眠る必要なんてないのだろうと思い、いつも私は勝手に休ませてもらっている。

シュンも多分同じなのだろうが、私に合わせて昼間活動するぶん疲れるのか、夜は休んでいるようだ。二階に布団を敷いたら、目を閉じて横になっていたことがあったため、それ以来そこをシュンの部屋にしていた。

私は神様を探すのを諦めて、一階の寝室に戻った。

（結局、今日も一枚も手につかなかったなぁ……）

文机に置きっ放しの原稿用紙を横目に、私は布団に潜り込む。

神様と暮らしはじめてからというもの、物語をゆっくり考えられず、応募しようと考えていた幾つかの賞の締め切りを、何度も何度も見送っていた。

（神様を言い訳にしてちゃいけないよな。明日こそ少しは進めよう……）

そのまま今日起きたことをぼんやりと考えていたら、やはり少しは気疲れしていたのか、私はすぐに深い眠りに落ちてしまった。

翌日はよく晴れて、辺りは秋の始まりを思わせる気持ちのいい空気で満たされていた。

二階の雨戸を開けると、昨日の雨風で折れた小枝や葉が酷く散らかっている庭が見渡せた。

朝日に雫を輝かせる庭木は、折れて絡まった枝葉をぶら下げて、やれやれ酷い目にあったという様子であったが、どこかさっぱりしたような爽やかな表情を浮かべていた。

（次の休みには、綺麗に掃除してやらなくてはな……）

身支度と洗濯を済ませてから、トーストを二枚焼いて、珈琲《コーヒー》と一緒に居間に運ぶと、神様が縁側に座っていた。

「おはようございます。ちょっと寝坊してしまったので、今日はトーストでご勘弁《かんべん》を」

「おはよう。よいよい。バターをたっぷり頼むぞ」

神様は洋食も好んで食べる。しかも、パンにもこだわりがあって、隣街のパン屋のもっちりとした食パンがお気に入りだった。

今日はそのトーストだったので、二つ返事で許していただけたようだ。

私が台所からバターと牛乳を持ってきたとき、ちょうどシュンも二階から下りてきた。

平日の朝も、一応三人で食事をするが、私は大抵ギリギリまで寝ているので、簡単に済ませてしまうことが多い。

私はトーストにバターを塗りながら、昨夜から気になっていたことを神様に聞いてみた。

「あのお侍とはいつ頃出会ったんですか？　彼は神様の元いた社を知らないのでしょうか？」

神様は、うーんと眉間に皺《しわ》を寄せる。

「はっきりとは覚えとらんが、かなり大昔じゃの。まだ、この辺りに城があった頃の話じゃ」

（城……？）

私は一瞬思考が停止する。

「それって、すっごい昔じゃないですか!?　じゃあ、あの人に聞けば神様の社も分かるんじゃないですか？」

神様は落ち着いた様子で、珈琲を一口啜った。こんなに珈琲が似合わない人（神）もいまい。

「いや、やつは常に龍に乗っておるからの。地理的な知識も昔のままじゃ。むしろわしより分からなくなっとるだろうな。それより夏也、時間は大丈夫なのか？」

私はハッとして壁の時計に目をやる。

「わ、まずい。もう行きます！」

私は食器も下げずに、鞄を引っ掴んで玄関へと向かった。

外へ出ると、昨夜の嵐が嘘のように朝日が眩しく降り注いでいる。ここにお侍や龍が訪ねてきたとは到底思えなかった。

「護堂君、おはよう。昨日は大変だったわねぇ！」

通りでは、おばちゃんが箒を片手に落ち葉を集めていた。

「おはようございます。どうなることかと思いましたが、なんとか耐え抜きましたよ。おばちゃんのおかげで、ちゃんと台風を迎える準備ができました。ありがとうございます」

「ふふ、それならよかったわ。でもね」

おばちゃんは口に手を当てながら、おかしそうに笑った。

「あの台風、何でだかこの辺りまで戻ってきたじゃない？　庭の様子が気になったから、ちょっと外を覗いたんだけど、何だか一瞬だけ甚平を着た貴方が見えた気がしたのよね。まあ、見間違えだとは思ったんだけど。……変なこと言ってごめんなさいね！　さ、気を付けて行ってらっしゃい！」

「そ、そうなんですか。私は昨夜はずっと家の中にいましたよ。かなり酷い雨風でしたからね。じ、じゃあ行ってきます！」

昨日の様子を見られたかと思い、心臓が破裂しそうになったが、どうやら勘違いだと思っているらしくひと安心する。

私はおばちゃんにそれ以上詮索されないように、早足で学校へ向かった。

学校前の銀杏並木も、風雨に揉まれてボサボサだ。道の先を眺めると、向こう側の山裾まで綺麗に見渡せるくらい空気は澄み渡っていた。干してきた洗濯物もよく乾きそうだ。

今、二階の物干しには、お侍の着物が干してある。彼は結局、私の甚平を着ていってしまったのだ。

甚平姿のお侍が龍の背に乗っている姿を想像し、私の甚平も出世したものだと思ったら、何だかおかしかった。

「あっ、おはようございます護堂先生！　あれ、何かいいことでもあったんですか？」

ニヤニヤしながら校門を過ぎたところで、バッタリ奏汰に会ってしまった。

「あ、お、おはよう！　早いな奏汰。昨日は大丈夫だったか？」

「はい！　姉も早く帰ってこられましたし、先生の仰っていたとおり、直撃に備えて一緒に鉢植えも避難させておいてよかったです。姉も感謝していました」

「そうか、そりゃよかった」

（間接的にでも、美帆先生のお役に立てたならよかった……。それにしても、彼女とずっと一緒にいられるなんて羨ましい……）

奏汰は家族なのだから当たり前なのだが、もし自分が一緒だったらと、つい妄想が膨らみそうになるのを、私は必死で堪えた。

「おはよう、奏汰ー！」

校舎から男子生徒の声が響いてくる。図書室の窓から誰かが手を振っていた。

「あっ、おはよーう！　じゃあ僕は図書室に寄ってから教室に向かいます」

奏汰は私に頭を下げてから、校舎に向かって走っていった。

「ああ、後でな！」

私は彼の後ろ姿に手を振って、職員室へと向かった。

（昨日のことは一旦忘れて、授業に集中しなくては……）

私は気を引き締め直して、何とか午前中の授業を終えた。しかし給食の時間に自席に落ち着くと、ついまた昨夜の出来事を思い出してしまっていた。

ぼーっとしながら、ミカンサラダを口に運ぶ。

（あのお侍は、今頃もう龍を降りただろうか……）

窓の外には、何もかも吸い込んでしまいそうな青い空が広がっている。

「せんせ～お行儀が悪いですよ～？」

無意識に頬杖をついて外を見ていたら、いつの間にか山田が隣にいた。いつも自分が注意されているので、仕返しのつもりらしい。勝ち誇ったような顔をしている。

「はいはい、ご馳走様でした～！」

私は残りのコッペパンとシチューを平らげ、食器を片付けたあと、気分転換にベランダに出た。その後を山田もついてくる。

　そして山田は私の隣に並び、眩しそうに空を見上げた。

「山田は空見るの好きだよな。先生も好きだけど。でも授業中はダメだぞ」

「うん。俺、空見てるの好き。空の色も雲の形も色々あって、見てると面白いんだよね」

　山田は日焼けした頬を輝かせる。

「そうか天気か……。山田は理科の成績は他よりいいし、そういう方面に向いてるんじゃないか？　理科好きか？」

「うん。楽しいよ。俺、理科好き。護堂先生も理科好きでしょ？　理科担当の神岡先生、大好きだもんね」

　山田はぱっと視線を私に移して、ニィと笑った。予想外の展開に、私は思い切り動揺してしまう。

「えっ⁉　な、何でお前……そ、そんなわけ……」

　ちなみに美帆先生は理科担当教師である。

　職場恋愛だなんて生徒や学校に知られたら大変だし、そもそも私の一方的な片想いなのであるから、この気持ちは絶対に誰にもバレていない自信があった。

　恋愛になど全く興味のなさそうな山田に、なぜそれが伝わってしまったのだろう。しかし、ここでそれを認めるわけにはいかない。私は一つ咳払いすると――

「み……あっ、か、神岡先生を、す、好きとかではなくてだな。そう、恋愛的な感情というよりもその、尊敬しているというか……ええと」

「ねえねえ、先生。龍って本当にいると思う？」

「え？」

焦りに焦っていた私は、一瞬なんのことやら分からず、ぽかんとする。

山田の興味は、あっという間に他へ移っていたようだ。

「昨日俺、窓からずっと台風を見てたんだ。そしたら雲の間にね、ちょっと見えたんだ。なんか龍みたいなやつ！」

「山田、お前まさか……」

山田にはあの龍が見えていたのだろうか。あれだけ大きなものが降りてきたのだから、遠目に目撃されてもおかしくはない。

しかし、それはあくまでも見える人間であればの話だ。

「もしさ、本当に龍がいたら俺背中に乗せてもらうんだ！　そしたら空をもっと近くで見られるから！」

私は一瞬緊張したが、山田の言葉を聞いて、なんだか安心して笑ってしまった。

「……それはいいかもしれないな」

「あ、先生今、俺のこと子どもっぽいって思ったでしょ？　今の話、他のやつには内緒にしといてよ！　しゃべったら美帆先生のこと、みんなに話しちゃうからねー！」

（それだけは本当に勘弁してください……）

山田はそう叫ぶと、楽しそうに笑いながら教室へと戻っていった。彼の後ろ姿を見送り、私はまた空に視線を戻す。

昨夜の騒動がまるで夢かのように晴れた空。

龍の背中で大空を旅するのはどんな気分だろう。空を飛んでみたいという山田の気持ちも分かる気がする。

吸い込まれそうなほど高い空を仰いで、私は大きく伸びをした。

第六章　八百万合宿研修中

「あ〜あ、ダルいなぁ〜」

神様は伸びをしながらゆるゆると言った。

「朝礼をサボる中学生みたいなこと言ってちゃ駄目ですよ！　神様は神様らしく、しゃんとしてください」

ゴロゴロする神様を踏まないように避けながら、私は洗濯籠を抱えてベランダに出た。

庭を見下ろすと、日当たりの良い場所に生えている楓は真っ赤に色づいて、秋の深まりを感じさせている。

近頃は学校通りのイチョウ並木も黄金色に輝いており、朝に夕に表情を変える葉と空のコントラストを眺め歩くのが、毎日の楽しみになっていた。

そんな十一月のはじめのことだった。それまでダラダラと寝転がっていた神様は、急にむくりと起き上がり――

「仕方ない、出雲《いずも》に行くぞ」

と言い出した。そのあまりの突拍子のなさに驚いて、私は思わずシャツを干す手を止めて振り返る。

「出雲？　なんでまた急に？」

「急ではない。年に一度神無月《かんなづき》には、神々は出雲へ出向かねばならんのだ」

神様はなぜかふんぞり返ってみせる。

「神無月ってもう十一月ですよ？　あ、神様的には旧暦なのか……でも去年のこの時期、別にどこにも出かけなかったじゃないですか？」

またいつもの適当な思いつきではないかと私が訝《いぶか》しむと、神様は甘いなと腰に手を当てて、

「わしは社もなくなって、信仰する人間もいなくなり、神として力が落ちていたので行かなくてもよかったのだ」

と、またしても反り返りながら答えた。

（……威張ることだろうか？）

「最近はお前や奏汰に食物を供えてもらったり、他の妖怪や神と関わったりして、また力が戻ってきての。あちらにも存在が知れてしまったようじゃ。研修の督促が来てしまった」

神様は懐から薄紫色の紙を取り出した。

（いつの間にこんなものが？　一体どうやって神様に届いたんだろう？）

「社を離れてから、わしの力はかなり落ちておったからの。一旦神様登録抹消になっとったらしいが、復帰に当たって休業期間中の人間社会の変化について学んだり、その他色々と研修を受けたりせねばならんそうだ。何とも面倒じゃ」

神様は手紙を指先でつまんでペラペラとなびかせて、渋～い顔をする。

（神様の世界もそんな研修があるんだ……）

まあ、面倒な気持ちは分からなくもない。

「研修って、わざわざ出雲まで出向いてするんですか？」

「そうじゃ。この研修を受けるのは、わしのような境遇の者か、初めて神として誕生した者だけじゃから数は少ないがの。その研修以外にも色々やらんといかんことがあるんじゃ」

神様はまたダラリと横になる。

「担当する地域住民の願いごとについて叶えてくれたりとかですか？」

私は抱えていたシャツをさっさと干すと、つっかけを脱ぎ捨てて神様の隣に腰を下ろした。

「各地の神々で集まって、来年の人間たちに授ける宿命や縁について話し合うんじゃ。主に縁結びの相談なんかをしておる。まあ、わしは氏神でもないし、担当地域なんぞないから、関係のない話じゃが……」

これは聞き捨てならない。

「関係あるある！　ここにいますよ！　縁結びが必要な人間が！」

私は思わず神様に前のめりに近づいた。私の気迫にさすがの神様も少し身を引く。

「え～。あの相談は長くなるから面倒臭いんじゃが……」

「私の人生を左右する相談を面倒臭いで片付けないでください！　どのみち出雲には行くんですから、いいじゃないですか！」

これまでにない必死さで食い下がる私に、神様も分かった分かったと折れた様子で、

「仕方がないのう。まあいいや、美味しい神在餅《じんざいもち》を楽しみに行ってこようっと」

と言いながら、むくりと起き上がった。

「ジンザイモチ？」

「ああ、大変に美味いぞ。小豆が上品な甘さで、餅も柔らかくて美味いし、あったまるんじゃ」

神様はその美味しさを思い出して、ウキウキしている。ぜんざいのようなものだろうか。確かに何だか美味しそうだ。

私は結構甘い物も好きなのである。流行《はや》りの菓子の類も、東京の実家に帰る際には、事前に店を調べて食べに行ったり、普段使いの茶菓子も、戸棚にしっかり常備していたりする。

「そんなものがあるんですね。最近は冷える日もあるし、一度食べてみたいなあ……」

私は神在餅の味を想像しながら、何気なくそう口にしていた。

「お前も来るか？」

「えっ？」

迂闊だった。つい深く考えもせず反応してしまったために、私まで出雲に行く流れになってしまった。

「でも学校があるし……」

私はすぐに断ろうとしたが、神様が出雲に向かう日は、奇しくも中学校の開校記念日で私も休みであった。金曜なので、土日と合わせて三日間の旅行である。

「な、大丈夫じゃろう？　よし、決まりだ」

こちらが返事をする前に、神様は勝手に私の出雲行きを決めてしまった。

神様は二週間以上滞在するらしいが、さすがにそんなに学校を休むわけにはいかないので、私は三日間だけの忙しない旅行だ。

二泊では荷物はたいして必要がないから、叔父の旅行鞄一つに着替えを押し込んで、準備は簡単に済ませた。

飛行機のチケットも押さえなくてはと検索したところで、ふと神様はどうするのかと思い至った。

「神様はどうやって出雲まで向かうんですか？　神様の分は飛行機の座席要らないですよね？」

「飛行機がない時代から、全国各地の神様が出雲に行っていたはずなので、当然だとは思うが。

「そうじゃな。迎えの方は出雲の民が行ってくれるので心配ないんじゃが、送りの儀式が必要じゃな」

「送りの儀式……？」

「そうじゃ。よろしく頼むぞ」

神様は私の肩を叩いて微笑んだ。

一瞬の沈黙が訪れる。

「私、そんな儀式のやり方とか一切分からないんですけど……」

「大丈夫じゃ。火を熾《おこ》して煙を天に昇らせてくれ。んで、わしを出雲の方に送ろうと考えながら祈り続けてくれればよい」

自ら空を飛んでいくのか。何だか神様がちゃんと神様らしい気がしてきた。

でもそんな魔術のようなこと、ごく普通の人間である私にできるのであろうか。

「北海道のことを考えてしまったらどうなるんですか？」

私は色々心配になった。

「阿呆なことを考えるでない。お前だけの力では、そんな出鱈目《でたらめ》な方角にわしを送ったりはできんから安心せい。わし自身も力を使うし、出雲からの引き寄せる力もあるから、上手く軌道に乗れば後は楽チンじゃ」

神様はハタハタと手を振った。

「なるほど……。向こうに引き寄せてもらったら、どの辺りに降りるんですか？」

「祝詞《のりと》の声を頼りに稲佐《いなさ》の浜へ向かい、榊《さかき》の木に舞い降りるのじゃ。そこからは、出雲の民が社まで案内してくれる。人はこれを神迎神事《かみむかえしんじ》と呼んでおり、見物もできるぞ」

日本全国から神様が一度に集まってくるのだ。八百万の神々が浜に降り立つ姿は、さぞ荘厳であろう。

私は是非この目で見てみたいと思ったが、うちの神様以外の神様が、私の目に映るのかは謎である。サザナミ様とも会話ができたということは、他の神様ともお会いできるだろうか。

（まてよ、そもそも空港から一人で向かって、現地で神様と合流できるのか。祭事については、観光客用のスペースもあるのかもしれないが、当然神様たちが向かう先まではついていけないだろうし……）

一応ガイドブックも買ってみる。地図も必要だったし、神様が研修の間は出雲周辺の観光地を散策してもいいかも知れない。

私はこれまで出雲に行ったことがなかったので、詳しく知らなかったのだが、縁結びの神社も多いようだ。これはしっかり押さえておかねばならない。

以前の私は、神社に参拝したくらいで恋人ができるわけがないと、何というかスピリチュアルな分野についてあまり信じていない方であった。

しかし、スピリチュアルどころか神様ご本人と出会ってからは、そのようなものの存在を信じざるを得なくなっていた。

そして、出雲で縁結びの会議が実際に行われているのであれば、是非美帆先生との太〜いご縁結びをアピールしておきたい。赤い糸と言わず、簡単には切れないしめ縄クラスの太さでお願いしたいところだ。

またグルメのページには、お刺身などの新鮮な海の幸をふんだんに使用した料理がたくさん載っていてとても美味しそうだ。神様の一方的な提案であったが、普通に旅行としても楽しみになってきた。

宿泊先は気にしなくていいと神様は言っていたが、さすがに神様たちと同じ場所に泊まれるとは思えないので、安価なビジネスホテルを押さえておいた。

学校から帰って、原稿に取りかかろうかという日もあったのだが、まあ旅行から帰ってから進めればいいやと、私はついガイドブックを眺めて過ごしてしまった。そうして行きたいところをチェックしているうちに、金曜の朝はあっという間にやって来た。

一応シュンも誘ってみたのだが、やはり「自分が家を長く離れると、何が起こるか分からないから」と言うので、彼には留守番を頼むことになった。

一人にしてしまうのは申し訳ないから、代わりにシュンが喜びそうなお土産をたくさん買って帰ろうと思う。

十一月の早朝はまだ薄暗い。

しかし、久しぶりの旅行にワクワクしているせいか、眠気はさほどなかった。

忘れ物がないか、戸締りはちゃんとしたか、丁寧に確認して家を出る。

玄関を開けて外気に身を晒すと、真っ先に耳と鼻先が凍《こご》えた。シュンも門までついてくる。

「じゃあ、申し訳ないけどよろしく頼むね」

私は振り返って、シュンに言った。

「うん。分かった」

シュンは素直に頷いたが、わずかに視線を逸らし、こちらを向かずに続けた。

「……ちゃんと帰ってきてよね」

彼も過去に色々あったからか、私が帰ってこないのではと心配になってしまったらしい。

不安にさせてしまうのは可哀想だが、この数ヶ月の間に私にそれだけ親しみを感じてくれたのかと思うと少し嬉しくもあった。

私はリュックサックを背負ってから、シュンを抱きしめて笑いかける。

「大丈夫。一緒に暮らすって約束したろ？　お土産たくさん買って帰るからね」

シュンはびっくりしていたが、コクリと頷いた。

「ほーれ！　早くせんか〜！」

道の先から神様の呼ぶ声がする。

私はシュンの肩をぽんと叩き、枯葉を詰めたゴミ袋を持ち上げた。

今日の儀式に使うからと神様に言われて集めておいたものだ。私はそれを肩に担いで、先を行く神様を小走りで追いかけた。

まずは、神様を出雲へ送らなくてはならない。

冬へと向かう朝の空気は冷んやりとしていて、吸い込むと肺の中まで冷たくなる。小さな氷の粒を、空気と一緒に吸い込んでいるみたいだ。空を見上げれば、薄く刷毛《はけ》で描いたような雲がかかっていた。

商店街へと下りていく坂の手前に、広い畑がある。私と神様はその敷地内にある、焚き火用に使われている場所へと向かった。数メートル先には、スコップなどの道具が置かれた掘っ立て小屋がある。

私は、周りに草が生えていない、むき出しの土の上に、持ってきた落ち葉を広げて山を作った。

この季節は止めどなく枯葉が降ってくるため、煙が周囲の迷惑にならないこの畑で、近隣の住人は自由に落ち葉を焼く。その代わりに残った灰を、ここの農家の方に肥料として置いて帰るのだ。

私は持ってきたマッチを擦って小さく切った新聞紙に火をつけた。煙草は吸わないので、ライターを持ち歩く習慣はなかった。どうせ機内にも持ち込めないので、ここで使い切ってしまおう。

枯葉にわずかずつ火が移っていき、煙が細く立ち昇りはじめる。

「それじゃあ、やってみますね……」

煙がきちんと昇っているのを確かめてから、私は神様に言われた通り目を閉じて、彼が出雲へ向かって飛んでいくイメージを頭に描いた。

しかし、こんなことで神様は本当に出雲へ行けるのだろうか。

不安に思いながら、そっと目を開けてみると、神様は既に私の背丈くらいの高さに浮いていた。

「うむ、いい感じじゃぞ！」

かなり驚いたが、そういうところはやっぱり神様なんだなあという妙な実感が湧く。

気が逸れてしまったせいか、神様が少し落ちてきてしまったので、私は慌てて神様が飛ぶイメージを再開した。

祈り続けていると、辺りに少し風が出てきた。私はまた目を開ける。神様は、煙を体に巻きつけるようにしてさらに高く昇っていった。

辺りの風がどんどん強くなる。枯葉も一緒にぐんぐん巻き上げていく。私は焚き火の炎に気を付けながら念じ続けた。

「よしよしいい感じじゃ。ではわしは先に行っておるぞ！　出雲でまた会おう！」

神様は楽しそうにぐんぐんと高く昇り、やがて山の向こうへ煙とともに流れていった。

上空に舞い上がった枯葉が、ふんわりと落ちてくる。私は一連の浮世離れした光景を目の当たりにして呆然としていた。

しかし、飛行機の時間も迫っていることを思い出し、気を取り直して火の始末をしたあと、灰をスコップですくって掘っ立て小屋にあるドラム缶に収めた。

もう一度空を見上げたが、神様の姿はもうどこにもなく、妙な風も収まって、いつも通りの秋の空が広がっていた。

私が空を飛んだのは、それから二時間半後のことである。当然神様のように自ら飛んだわけではなく、飛行機に乗ったのであるが。

離陸後も、もしやうちの神様や他の神々が出雲に向かう姿が見えないかと、窓の外に見える雲間に目を凝らしてみたが、やはり特に変わったものは見えなかった。

朝も早かったので、しばらくして私はウトウトしはじめた。窓の外を眺めるのはやめにして、空港で買った弁当を食べてから少し眠る。神様と分け合わない食事は、給食以外では久しぶりだった。

(神様は今頃どの辺りを飛んでいるのだろうか。誰か知り合いの神様と落ち合ったり、お喋りしながら一緒に向かっているのだろうか……)

そんなことを考えていたら、いつの間にか眠りに落ちていた。

ずっと神様を追いかけて空を飛ぶ夢を見ていた。段々と目的の浜辺が見えてきて、辺りにもたくさんの神々が集まりはじめていた。

人間に近い姿の神様でも、男性、女性、子どもから老人までおり、一見鬼か妖怪のように見える神もいる。

身につけた衣装や装飾品、そもそもの肌の色も実に様々で、私の眼前には青空に色とりどりの神々が舞う光景が広がっていた。

うちの神様もそこに交ざって、楽しそうにお喋りしたり、すいすいと青空を泳いでいたりする。

やがて、次々に浜に上陸していく神々の後を追って、いよいよ私も浜に降り立つというところで、目が醒めた。

ちょうど、この飛行機も着陸する時間だった。

出雲空港には昼過ぎに着いた。私はガイドブック片手にバス乗り場へ向かい、出雲市駅前に向かうバスに乗車する。

発車してしばらくの間は、車窓の景色を眺めて楽しんでいた。

窓から眺める、秋の深まった山や畑の風景は、初めて訪れるにもかかわらずどこか懐かしさを感じさせる。

バスの中を見渡すと、私以外にも祭へ向かう観光客らしき人々で混雑していた。

大学生らしき女の子三人組や、老齢のご夫婦など、年代も様々だ。黒髪、茶髪、白髪、紫色、肌色と、頭部だけでも色とりどりである。

(神々だけじゃなく、人間も色々な層が集まるのだな)

私は先程見た夢を思い出して、少し愉快になった。そして何気なく、斜め前方の座席に目をやってギョッとする。

そこには小さな小さな老人が、ちょこんと腰かけていた。

私が驚いたのは、その翁《おきな》の小ささであった。何というか、一目で分かるくらいに人間の大きさではないのだ。

猫か狸《たぬき》のような大きさで、頭は禿《は》げ上がっていたが、豊かな白い髭を蓄え小さな杖を握りしめていた。

私がつい凝視してしまったせいか、翁はこちらの視線に気が付き、私に顔を向けるとニカッと笑ってみせる。

他の乗客は、翁に全く関心がない様子だ。まるで彼が見えていないかのように。

バスを降りて一畑《いちばた》電車に乗り換える際も、私以外の乗客は一切彼に注意を向けなかった。

彼の正体が分からない以上、私も極力関わらないようにしようと思いながら、つい目で追ってしまう。

翁はちょこんとバスを降り、私と同じように電鉄出雲市駅の改札へと向かった。

背丈が小さいので、歩幅も当然小さいはずであるが、なぜか私より少し速いくらいのスピードで滑るように地面を進んでいく。

ホームで電車を待つ間も、私はチラチラと翁の姿を見て、見失わないようにした。やがて電車がホームに到着し、私たちは同じ車両に乗り込む。

彼からなるべく離れて座って、遠くから様子を見るつもりだったが、翁はするりと私に近付いてくると、ちょこんと隣の席に座ってしまった。

ベルが鳴って電車が発車する。動き出した車内で、私は少し緊張しつつも黙ってじっと座っていた。すると――

「あんたも祭かね？」

翁は小さな嗄《しゃが》れ声で話しかけてきた。電車内は結構な混み具合であったので、おそらく人間ではないであろうこの翁と堂々と話をしていたら、周囲から怪しまれてしまう恐れがある。

「えっ……は、はい」

私は口をあまり動かさないようにしながら、なるべく小声で答えた。

「初めてかい？」

「え、ええまあ……」

「ひとりで？」

「え～っと……」

ここまでは一人で来ましたが、現地でうちの神様と合流するつもりです、と話して、この翁に通じるであろうか。

「わしは浜で仲間らと落ち合う予定じゃ。わしにとって一年なんてあっという間じゃが、遠方に住む普段会えない友人が来るので、毎年愉しみでのぅ」

答えに窮していると、翁が話を続けてくれたので、私はそうですかと相槌を打つに留めた。

「なかなか楽しい行事じゃよ。お主も楽しんでいかれよ」

「あ、はい。ありがとうございます」

その後は結局、翁がうつらうつらとしはじめたので、それ以上会話をすることもなく彼の正体に触れることはできなかった。

そのまま列車に二十分ほど揺られた後、車両は出雲大社前駅に到着した。

出雲大社前駅の駅舎は、想像していたような古めかしい日本的なものではなく、思い切り西洋風の建物であった。

改札を出ると、アーチ型の天井にステンドグラスが嵌《は》められていて、綺麗な色がキラキラと床に広がっている。

駅舎の美しさに見惚れて歩いていたため、私はいつの間にか一緒に電車を降りたはずの翁の姿を見失っていた。

駅舎から外へ出ると、通りは観光客で賑わっており、茶店や土産物屋も多く、あの小さな翁の姿などとても探せそうになかった。

別に探す必要もないのだが、結局彼が何者なのか聞けずじまいであった。

しかし、ここから浜へはどう向かったものか。ガイドブックを見たところ、どうやら神社から西に向かってひたすら歩いていけばよさそうだ。およそ十五分とある。

ただ神迎神事は、十九時からということで、まだ四時間以上余裕があった。


（神様は今頃どのあたりを飛んでいるのだろう）

私はぼんやりと考えながら、澄み切った青い空を見上げた。

そこで、そういえばまだ昼食をとっていなかったことに気が付く。

不思議なもので、気が付いた途端、腹が減ってきた。もう十四時半を過ぎていたので、当然といえば当然なのだが。

辺りを見渡すと、食事処もたくさんあるようだ。やはり出雲蕎麦を押し出した店が目立つ。

私もせっかくなので出雲蕎麦の食べられる店に入ろうと、大通りに沿ってぶらぶらと歩いていたが、ふと何かが気になって、偶然目についた細い路地に入った。

そのまま導かれるように、奥へ奥へと進んでいく。すると、さらに薄暗い小道がわきに延びている。その先には、出雲蕎麦と書かれた看板がぼんやりと光っているのが見えた。

私はなぜかその店に強く惹かれ、気が付けばふらふらと店の入り口まで来てしまっていた。

かなり古い建物だ。随分昔からこの地で蕎麦屋を営んでいるのだろう。私はそのまま引き戸を開けて暖簾《のれん》を潜る。

店内は外の様子とは打って変わって明るく、ごく一般的な内装をした蕎麦屋であった。むしろ、異常であったのは客の方である。

カウンターもテーブルも、着物姿の人や明らかに人間ではない姿をした者たちで埋まっていた。何かの動物のような者もいれば、動物とすら思えない、目鼻がどこにあるのかさえ分からない者もいた。

私が呆気に取られていたら、奥から割烹着を着た狸が、お盆の上にお茶を載せてやって来た。

「おやこれは……。お客様は人間ではありませんか。どうしてこんなところに……。さては、表通りの歪《ひずみ》から迷い込まれてしまったんですね。今日は出入りが多いから……」

狸は驚いていたが、おっとりとした口調で口に手を当てながら、流暢《りゅうちょう》に人の言葉を話した。

異様な事態ではあるが、私は既にこのような状況には慣れてきていた。

「こちらは神様方専用のお蕎麦屋さんですか？　実は私、腹が減っているのですが……」

私は正直に訴えた。朝一の弁当以来何も食べておらず、既に十五時近くになっており、空腹もそろそろ限界に達していた。

「ええ、こちらの店には通常は人間の方がいらっしゃることはないのですが、私どもの店の暖簾を潜った方は、みなさん大切なお客様です。どうぞ、お席へご案内します」

私は狸の給仕の後について座席に着くと、渡されたお品書きに目を通した。

あまり種類は多くないようだったが、出雲に来たからには出雲蕎麦を頼もうと既に心に決めていた。

注文を済ませ、狸の給仕が調理場へ去ったあと、私は改めて店内を見渡した。色々な神様がおり、みな美味そうに蕎麦を啜っている。

うちの神様もどこかで昼食を取っただろうか。

「やっぱり、ここの蕎麦は美味いのぅ」

「稲佐の浜へ直行すると寄れないからのぅ。早めに来てここに寄ってから向かうに限る。お主、和泉《いずみ》の方はどうじゃ？」

「大きく変わりはないのぅ。伊勢《いせ》はどうじゃ？」

「ぼちぼちじゃのぅ……」

白い毛の塊《かたまり》のような姿の神様と、ギョロリと大きな目をした髭もじゃの神様が、向かいの席で会話していた。

少しして、赤い三段の重箱に入った割子《わりご》蕎麦が運ばれてくると、私は待ってましたとばかりに箸を取り上げた。

良い香りのする出汁を、濃い色の蕎麦にざっとかけて、大根おろしもたっぷりと載せ一気に啜る。

（確かに美味い！）

甘みのある醤油の味わいと、しっかりと濃い蕎麦の味が薬味の香りと一緒に広がって、何ともいえない絶妙なバランスを作り上げている。

（よく分からないけど、このお店に入れてよかった！）

この店の出雲蕎麦が大変美味いのと、極限までに腹が空いていたこともあって、私はそれをあっという間に平らげてしまった。

その段階になってやっと、私は支払いに関しての疑問が湧いてきた。

果たしてこのお店では、人間界のお金が使えるのだろうか。

神界とは通貨が違うために無銭飲食扱いになったら、寿命を待たずして地獄行きになるかもしれない。

そういえば、さっきのメニューや伝票に金額らしき表示は見当たらなかった。

私がおそるおそるレジに立つと、奥から狸がやって来て、伝票を受け取った。

「え〜っと、そうですね。じゃあ七百五十円です」

「えっ、あ、日本円で大丈夫でしたか？」

予想外にすんなりと人間界の通貨で請求されたため、私は逆に慌ててしまった。

「ええ、たまに人間のお金が必要になることもあるので重宝しますよ。蕎麦も人間のお客様のお体に合うように作っていますから、安心してくださいね」

そういえば、神様はいつも料理の幽霊を食べているが、先程私が食べた蕎麦は普段通り食べたらなくなったし、周囲の神様たちも幽霊ではなく物体そのものを食べていた。そこは神様御用達の蕎麦屋であるから、何か工夫があるのかもしれない。

「ご馳走様でした」

「お粗末様でございます。またお越しくださいませ」

狸はちょこんと頭を下げる。

（とりあえず、腹も満たせたし、無事に支払いもできてよかった……）

ほっとしながら引き戸を開け、店を出ようとしたところで、私は背後から声をかけられた。

「おや、また会ったのぅ」

私ははっとして振り返ったが、声の主が見当たらない。レジに立つ狸は、にこにこと床の方を見つめている。

私はその視線を追ってようやく、先程の小さな翁が自分の足元にいることに気が付いた。

「ここの蕎麦は美味いであろう。友和氏も、前に来たときに絶賛しておったぞ」

翁はふわふわした顎髭を撫《な》でながら言った。

「えっ、叔父もここへ来たことがあるんですか？」

私は驚いて聞き返す。なぜこの翁は叔父のことを、そして私のことを知っているのだろう。神様には何でもお見通しなのであろうか。

翁は顎鬚の中から何かを取り出して狸に渡すと、のんびり続けた。

「友和氏は実に美食家であるからな。わしも以前に何度かご馳走になったことがあるのじゃ。まあよろしく伝えてくだされよ」

そう言って翁は、私の横を滑るように歩いて、店を出ていってしまった。

「あっ、ちょっと待っ……」

私は慌てて翁の後を追って店を出る。外の光に一瞬目を閉じつつ、敷居を跨ぎ、再び瞼《まぶた》を開けると、そこには大通りが広がっていた。

（あれ、店の前は薄暗い小道だったはず……）

そこは、私が最初に曲がった駅前の大通りであった。振り返ると何の変哲もない路地が続いており、蕎麦屋の姿は跡形もない。

路地に戻って探してみても、あの薄暗い小道はどこにも見当たらなかった。

狐につままれた心地であったが、この場合は狐ではなく、あの狸に化かされたのかもしれない。

しかし、ちゃんと腹は満たされていたし、あの美味い蕎麦の余韻《よいん》もしっかり口に残っていた。

それから私は、神迎神事の時間まで土産物屋を覗いたり、歴史博物館に寄るなどして、出雲観光を楽しんだ。

どこも非常に混雑していたが、周囲にいるのは当然人間ばかりで、あの蕎麦屋以来、神様たちの姿を見かけることはなかった。

辺りが暗くなりはじめたので、神迎神事に参加すべく稲佐の浜へ向かったものの、浜はもうかなりの人で溢れていた。

お札を授かって人だかりの後ろの方でしばらく待つ。やがて海に向かって御神火がかかげられた。

辺りがオレンジ色の明かりで照らされ、日が沈んだ浜と人々を照らし出した。光源から離れた先は、深い闇に包まれている。

神迎神事が始まると、それまでざわめいていた人の声はやみ、辺りは炎の爆ぜる音と、虫の鳴く音に包まれた。しばらくその静寂の中に身をまかせているうちに、ほどなくして太鼓と笛の音、祝詞を読み上げる声が聞こえてくる。

人が多いためよく見えないが、海の方角に向かって何事かが行われているようだ。

周囲が人だらけなので、私は何気なく上を向いた。そして海上の夜空に目を移し、言葉を失う。

暗い空の上方ではっきりとは見えないが、何千、何万もの神々の影が空に浮かんでいた。

それらはみな、ゆっくりと浜に降り立とうとしている。

（見える……）

浜に近づいた神々は、炎の明かりを受けて、ぼんやりと橙色に照らされ、その姿を少しだけ露わにした。

あまりにも多くの神々が夜空に煌《きら》めくので、私はたくさんの灯籠《とうろう》を天高く飛ばす祭りの光景を思い出した。

しかしこの光は全て、飛び立つのではなく、地上へと舞い降りてくるのだ。

私はしばらく時間を忘れて、その光景に見惚れていた。神事そっちのけで、星も見えない空をただ見つめている私の姿に気付いた者は、かなり不思議に思っただろう。

でも、そんなことはどうでもよかった。どうでもいいと思わせるほどの美しさだった。

神々は二本の大きな榊の枝に降り立ち、吸い込まれるように消えていった。

天空の全ての神々がそこに集まった。やがて白い大きな幕を持った一行がやって来てそれを取り囲み、神社へと向かう。

私は今しがたの光景に半ば夢うつつの心地で、人々の後についてぼんやりと歩いた。

神迎の道を歩き、やがて神社に着くと、一行は神楽殿へと向かう。しかし、私は列のかなり後方にいたため、会場の中には入れないのではないかと思われた。

神社の入り口近くまで来て、諦めかけていたとき、ふと視線を感じて上を向く。そして、左手の木の上で手を振っているうちの神様を見つけて私は仰天した。

（な、なんであんなところに……⁉）

慌ててその木の方へと、人々を掻き分けながら向かう。何とか道の端まで抜け出し、ほっとして再び木を見上げたが、もうそこに神様の姿はなかった。

見間違いであったかと不思議に思っていたら、背後の大樹の陰から白い手が伸びてきて、私の腕を掴み、思い切り引っ張った。

「わぁぁっ⁉」

「わしじゃわしじゃ、落ち着け」

あまりにホラーな展開に、私は危うく心臓が止まるところであった。どこまでも人騒がせな神様である。

「まったく、お化けかと思ったじゃないですか！　まあ、ある意味お化けなのかもしれないですけど……」

神様は私の慌てた姿を見て、相変わらずニヤニヤとしている。

「それにこんなところにいて大丈夫なんですか？　みなさん神楽殿へ向かわれましたよ？これからまだ祭祀が続くんですよね？」

通りを行き交う人々に見つからないように、私は小声で神様に聞いた。

「あ～、まあよいよい。後で合流するから大丈夫じゃ」

出雲まで来ても、うちの神様は相変わらず適当だ。呆れる私を無視して、彼は何やら小脇に抱えていたものを私に押しつけた。

「いいから、お前も祭が終わったら、これを着て社の方へ来るんじゃ。場所は何となくわかるじゃろ？」

「え、なんですかこれ？　……着物？」

手渡された布を広げれば、それは白い羽織のようなものであった。

「貴重なもんじゃ。ちょっと細工がしてある。借り物だから扱いに気を付けるのじゃぞ。人に見つかると厄介じゃから、今からもう羽織っておけ。じゃあ後でな！　あ、社は東の方じゃぞ！」

神様はそれだけ言うと、木の枝にふわりと飛んで、慌ただしく去っていった。家ではいつもゴロゴロしているくせに、意外と身軽であったことに驚きを隠せない。

わけが分からないが、とりあえず言われた通り、私は羽織に袖を通してみた。すると、ふわりと白檀《びゃくだん》のような、何か高貴な香りがする。

「誰かそこにいるんですか？　そこは立ち入り禁止ですよ。道に戻ってください！」

先程、私が入ってきた方から声がした。警備の方が物音に気が付いてやって来たようだ。

（まずい、こんな格好で木陰に忍んでいたら、不審者感全開すぎて何の言い訳もできない……）

とにかく少しでも怪しさを軽減するべく羽織を脱いでしまおうと思った瞬間、正面の太い木の脇から警備をしているおじさんの顔が覗いた。

（終わった……）

私は弁明する気力も失って、その場に立ち尽くしていた。

しかし、彼の反応は私の予想とは大きく異なっていた。

「あれ？　確かに今この辺りから話し声が聞こえたんだが……」

警備のおじさんの視線は、何度も私のいる辺りを素通りしている。暗くてよく見えないのだろうか。

それにしても、彼との距離は目と鼻の先であり、いくら暗くても気が付かない距離ではない。

(人に見つかると厄介じゃから……って)

私は神様の言葉を思い出す。

それはつまり、人間には姿が見えなくなるということなのだろうか。

「気のせいかなぁ?」

おじさんが、懐中電灯を持って私の方に向かってくるので、私はなるべく小枝や枯草を踏まないよう、音を立てずに後ずさった。

そのまま息を殺して動かずにいる。少しすると、おじさんは首を振り、諦めて元の道へと戻っていった。

私はほっと息をつく。

(どうやらやはり、私の姿は見えていないらしい。この羽織のせいだろうか……。細工をしてあるとは言っていたが……)

少し間を置いて、私は元来た通りの方まで戻ってみることにした。枝の間から、そっと道を覗き込む。

既に神事が始まっているからか、先程のような行列はなかったが、まだまだ人通りはあり、道は混み合っていた。

今ここで通りに出れば、かなりの人の目につくことになる。

さっきのおじさんが鈍いだけであったなら、突然藪の中から現れた着物姿の私は、確実に変質者である。通報されるかもしれない。

もし本当に私の姿が見えなかったとしても、この混みようでは歩いている人たちとぶつかってしまうだろう。

（やっぱり、今は通りに出るのは避けた方がいいな）

私はそのまま道には出ずに、藪の中を通って社へと向かうことにした。ガイドブックを読んでいたので、場所は何となく分かっている。

どうにか東側の社にやって来た私は、まだ人気のない、いや神気のない社を覗いてから、そっと階段に腰かけて神様を待った。

しかし、この着物は一体何なのだろうか。何だか高貴な香りがする、すべすべとした白い生地を撫でつつ、私が不思議に思っていたら、背後から声が聞こえてきた。

振り返ると、神々が楽しそうに話しながら歩いてくるのが見える。中には飲み会帰りの社会人のようなテンションで、神様同士肩を組んでいる者もいた。

（既にでき上がっておられる……）

何だか見てはならないものを見てしまった気がする。私は本当にこんなところにいていいのだろうか。

（人間の分際で、神様方のプライベートなお姿を覗き見るなんて、罰が当たりそうだ……）

自分があまりにも場違いな気がして、何だか急に緊張してきた。

「おや、見慣れぬ顔ですな」

振り返ると、青い着物を着た老神が立っている。

（そうか、この着物を着ていても、神様には私の姿が見えてしまうんだ！）

突然のことに私は何も返答できず、ひたすらまごついてしまう。すると、

「おお、待たせたの！」

と、うちの神様が呑気そうに歩いてきた。

「そんなとこにおらんで、入ってこい」

そう言って神様は、私を社の中に招き入れた。

（本当にいいのだろうか……）

「お前さんの知り合いかい？」

青い着物の神様が尋ねる。

一見、人間のお爺さんの姿に見えたこの神様は、よく見ると頭から馬のような耳を生やし

ており、手は蹄《ひづめ》の形をしていた。

私はそれに気が付いて驚き、思わず後ずさる。声を上げないでいるのが精一杯だった。

うちの神様は、そんな私には構わず平然と答えた。

「ああ、近くに住んどるんじゃ」

正しくは、彼が私の家に住み憑いているのであるが。

神様は私の隣に来て腕を掴んだ。

「じゃあ後でな～」

ひらひらと手を振って、神様は私を社の奥へと引っ張っていく。

「あ、ありがとうございました。でも、やっぱり私が一緒に行くのはまずいんじゃないですか？」

「だいじょ～ぶ」

神様はぐんぐん歩く。その言葉に説得力は一欠片もない。

「一体どこまで行くんです？」

社の廊下は数メートル先で行き止まりになっている。向かう先はもう壁しかないのに、神様の歩調は変わらない。勢いを止めることなく歩き続けている。

「ちょっ！　ぶつかりま……」

神様は私の腕を引っ張りながら、そのまま壁に突進し、社の壁にめり込んでいった。

「えぇぇ⁉」

神様はするりと壁に吸い込まれ、私は腕を引かれるがまま、続けて壁に激突する形になる。

ぶつかる瞬間に目を閉じたが、その後、私の体に来るはずの衝撃はなかった。

さらに二三歩進んでから、神様はようやく立ち止まったらしく、私は神様の背中にぶつかってやっと止まった。

そっと目を開けると、眼前には紫色の垂幕で覆われた空間に、大勢の神々と煌びやかな宴会場が広がっていた。

部屋の中はかなり広いが、こんなスペースはあの建屋の裏側になかったはずだ。

会場にはたくさんの膳が並べられており、給仕らしき者も忙しそうに立ち働いている。そんな彼らの姿もどう見ても人間ではない。座敷に座って、既に酒を酌み交わしている神様方もいらっしゃる。

「え、あ？　ええ？」

私は後ろを振り返る。そこには開け放たれた引き戸があり、向こう側は深い闇に沈んでいた。先程まで眼前に迫っていた壁はない。

「阿呆な声を出すでない。行くぞ～」

神様はさらに私の手を引く。

「ち、ちょっと待ってください。行くってどこへです？　というか、ここはどこなんですか？」

私は歩きながら神様に尋ねる。

「宴会場に決まっとろうが。頼みたいことがあるんじゃろう？　チャンスは今日だけじゃぞ」

「それって……」

私の問いかけには答えず、神様は座敷の右奥辺りで談笑している集団へとまっすぐに向かっていく。その中に二つほど知った顔を見つけて、私は驚いた。

「あら夏也さん？　どうしてこんなところに？」

綺麗な黒髪の女性が、私に気が付いて振り返った。

「サ、サザナミ様！　すみません、あの、うちの神様についてきてしまいました……」

彼女は近所の神社にいらっしゃるサザナミ様だ。杯を手にしたまま、私の姿を見て驚いた表情を浮かべている。

「おやおや、いらっしゃったか。今宵《こよい》の祭は楽しんでおるかい？」

そして、サザナミ様の横には、昼間に出会ったあの小さな翁がちょこんと座っていた。

「あっ！　貴方もやっぱり神様でいらっしゃったんですね！　きちんと挨拶ができておらずすみません。私はこの神様の知り合いで……護堂夏也と言います」

私が慌てて挨拶すると、うちの神様はきょとんとした様子で言った。

「何を言っておる。お主はほとんど毎日顔を合わせておるじゃろうが」

「え？」

「そうかそうか、わしが誰だか分からんかったんじゃな。これでどうじゃ？」

翁は両手を合わせて、少し首を傾げてみせた。確かに、その姿には見覚えがある。

私はしばし記憶を辿り、そしてついに思い出した。

「あ！　もしかして……お地蔵様！」

家から商店街まで下りていく、坂の曲がり角にいらっしゃるお地蔵様だ。

確かに私は、ほぼ毎日顔を合わせていた。

「夏也君は、今時珍しく信仰心のあつい若者じゃからの。わしはちゃんと覚えておるぞ」

翁はにこにことお猪口《ちょこ》を持ち上げた。体が小さいため、お猪口でもまるで茶碗のように大きく見える。

「すみません、まったく気が付かず……」

「よいよい。この姿では分からなくて当然じゃ」

翁は両手でお猪口を傾けて酒を飲み、ニカッと笑った。

「それで夏也よ、せっかくここまで来たのだ。願い事をとっとと彼らに伝えてしまえ。その着物を着ていても、そう長くはごまかせん。サア、早く」

「えっ……？　願い事って？」

話が読めずに聞き返すと、うちの神様は深々と溜息をついた。

「縁結びに決まっとるだろうが。明日から本格的な会議が始まるからな。お前の気持ちを今日ここでしっかり伝えておくがよい」

（気持ち……？）

「わしは研修で、話し合いにはほとんど出れんからな。もちろん、この二人なら協力してくれると思うが、決定権があるのは彼らだけではない。できるだけ多くの者に根回ししておけ。当然、お前が夏也本人だとは名乗ってはならんぞ。そういう者が地元におるという体《てい》で、あくまでも神の一人として、世間話風に臨むのじゃぞ」

神様の言葉に私の思考は一旦停止したが、徐々に私は出雲に来た本来の目的を思い出してきた。

「それって、美帆先生との……あ、いや、そ、そうでした。実は私は……」

美帆先生との縁結び、ずっと叶えたいと思っていた願い。だけどそのとき、私の心の中に芽生えたのは、それを叶えたいという気持ちとは別の、何ともいえない違和感だった。

「……すみません、俺、やっぱり自分でなんとかします！」

ここまで来て何を言うかという感じであるが、私は気付けばそう口にしていた。

何だか急にズルをしているような気がしてきて、いたたまれなくなったのだ。

そもそも、縁結びを望んだのは自分であるし、神社で縁結び祈願をすることと何も代わりがないのではとも思ったが、抜け駆けをしているようで妙に抵抗感があった。

こんな機会を用意してくださった神様には、我儘を言って本当に申し訳ないと思う。

しかし、まだ自分からちゃんと美帆先生に話しかけられてもいないのに、何の努力もしないで神頼みというのも、ここへ来て気が引けてしまったのだ。

まずは自分の力で何とかしてみたいと、そう思っていた。

私の意思を聞いて神様は、「面倒臭い奴じゃのぅ」と言いながらも、いつものようにまたニヤニヤとしていた。

そのとき、宴会に人間が紛れ込んでいるようだと、先程私たちが入ってきた辺りで、鳥の頭をした神様が叫び出した。

会場はどよめき、みな周囲を見回している。神々の宴に紛れ込んだ人間。捕まればどうなるか分からない。

「わ……どうしよう」

「まずいな。夏也、残念だがここまでじゃ。あの幕の裏側から外に出られる。中に入ったら、とにかくまっすぐに走れ。何があっても決して振り返るなよ」

背中を押されて、私は反射的に神様の指差した紫の幕に向かって走りはじめた。

周囲の神様たちが、いきなり走り出した私を見て、ポカンとした表情を浮かべていたが、私は気にせずその前を一気に駆け抜ける。

「いたぞ！　アイツだ！」

背後で何者かが叫ぶ声が聞こえた。

幕を潜ると、裏側には洞穴のような入り口があった。中は明かりがなく真っ暗だ。数メートル先も見えない深い闇だが、今捕まれば自分が一体どうなってしまうのか想像もつかない。

私は躊躇することなく、暗闇に飛び込んで走り続けた。

どこまでも続く暗闇の中を駆け続ける。外から宴会場までの道程は、こんなに長くはなかったはずだが、昼間の蕎麦屋のように神の領域と人間の世界との間は、何か時空の歪みのようなものがあるのかもしれない。

（行きはよいよい、帰りは怖い……）

息苦しさと不安で、何度も立ち止まりそうになりながらも、私は何とか気力を振り絞って足を踏み出し続けた。

（何をやってるんだ……まったく）

自分の望みを叶えるために来たのに、私はまた逃げ帰ろうとしている。

ふいに、先が見えない闇の中を走り続けているこの状況が、今の自分の人生と同じだと思えてきた。

暑くも寒くもない闇に身をまかせて、どこへ向かっているのかさえ判然としないまま、ただ走り続けている。

だんだん自分が、本当に走っているのかさえ分からなくなってくる。

恋も夢も、願うだけで行動に移せない自分が情けなかった。

（でも……）

よろけそうになる足を踏ん張って、私は拳を握りしめ直す。

（走らされているわけではない。走っているんだ。シュンが待つ家に、美帆先生や生徒たちがいる私の世界に帰るために……！）

やがて私の目は、ずっと先の方で光る一粒の星のような明かりを捉えた。

（多分、あれが出口だ……！）

私は一気に救われた気がした。

（帰ったら、今度こそ原稿を仕上げよう！　美帆先生に……勇気を出して話しかけてみよう！）

しかしそのとき、背後から物音が聞こえてきた。走りつつ耳を澄ますと、何か獣の足音のようなものが、凄い速さで私の後を追ってきている。

私は思わず振り返ろうとして、神様の忠告を思い出した。

（何があっても決して振り返るな……！）

噴き出る冷や汗と心臓の高鳴りに、何度も足がもつれそうになりながら、何とか走り続ける。

前方の出口らしき光は、段々と大きくなってきた。

（もう少しだ……！）

息が上がって苦しい。背後の足音は段々大きくなり、私との距離を詰めてきているように感じた。

（振り向いては……いけない……！）

私は恐怖と戦いつつ、ついに大きくなった光の目の前までやって来た。

（やった……！）

振り切ったと思った瞬間。私は体がグンと引き戻される感覚に襲われた。

何者かによって、私は羽織の襟首をガッチリと掴まれていたのだ。

追跡者の手には、毛のようなものがびっしりと生えているのか、私の首筋には何かゴワゴワした感触があった。

さらに、シャツ越しに鋭く硬い物の感触がある。

(爪……？)

だとしたら、随分と大きい。そのまま鋭い獣の爪で、喉笛をかっ切られる想像をして、私はパニックに陥ったが、それでも振り返ることだけはせずに何とか走り続けようとあがく。

そのとき、ふいに誰かが私の手を引いた。前方につんのめる形になり、羽織がするりと脱げる。途端に体が軽くなった。

(誰……？)

包み込むように優しく、だが力強く握りしめるこの手を、私はなぜか知っている気がした。

出口からの光が逆光となり、私の手を引く者の顔は、影になって見えない。

「あなたは……」

言いかけたところで、私はもう一度強く体を引っ張られた。

視界いっぱいに光が流れ込んでくる。

繋いだ手の感覚がほどけて、気付けば私は白く輝く光のうちに身を投じていた。

いつの間にか、私の体は博物館側の通りに放り出されていた。

立ち上がって背後を確認するも、今出てきたはずの洞窟は跡形もなく、ただの壁が続いているだけであった。

(さっきと同じだ……)

不思議に思いながらも、私は自分の体の無事を確認すると、やっと溜息をつく。

あの不思議な白い羽織だけが剥ぎ取られていたが、それ以外は全て無事であった。

風に揺れて、木々の葉が鳴る。全身にかいた汗がヒンヤリした。まだ心臓は高鳴っている。

(あの手の主は……)

私は周囲を見渡した。

しかし、辺りに人の気配はなく、ただ薄暗い木立に静寂が広がっている。

朝日に白みはじめた空を見上げて、感覚を失いかけた足を引きずりつつ、私はゆっくりとその場を後にした。

土曜の午前中は、疲れもあって、ホテルに戻って眠っていた。私は午後になってから、ようやく起き出して、今度はちゃんと観光客として社に行ってみることにした。

祭のために、人出はやはり多かった。人混みに紛れて、仔細に壁面を眺めて歩いたが、怪しい継ぎ目や穴などはどこにもない。ごく普通の木製の壁だった。

昨日と変わらず整然と佇む社が、その壁の奥に宴会場を隠しているとは到底思えない。ぐるりと周囲を確認してみるも、建屋の裏側に、あんな広大な宴会場が入るスペースはなかった。

その後は、改めて神社に参拝をしてから、ガイドブックを片手に観光をした。今日は昨日のように神や妖怪に遭遇したり、不思議な空間に迷い込むこともなく、のんびりと一人旅を満喫することができた。

そして旅行は最終日。神在餅で心身を温めてから茶屋を出て、空港へと向かう。三日間の出雲の旅は、本当にあっという間だった。

一畑電車のホームには、当然だが人間だけが並んでいた。神々はきっと今もあの場所で会議をしているのだろう。

うちの神様はサボらずに、ちゃんと研修を受けているだろうか。私は少し心配になる。

到着した車両に乗り込んで、座席に腰かけた。行きの電車と同じ造りだ。

あの不思議な翁が、まさか近所のお地蔵さんだなんて思いもしなかった。

お地蔵さんは、叔父と面識があると仰っていたが、きっと叔父も私と同じように、あの道を通るたびにお地蔵さんに手を合わせていたのだろう。

何かご馳走になったというのは、お菓子か何かをお供えしていたのかもしれない。

ただ、それ以上に気になったのは、叔父もあの店の蕎麦を食べていたことだ。一体どういうことなのだろうか。

（叔父も私のように観光中に迷い込んだのだろうか、それとも死後、旅の途中に立ち寄ったのか……）

出雲は冥府の入り口にも近いと聞く。この二日間で観光をした印象では、自然が大変美しく、生命力に満ち溢れている土地だと感じていたので、死者の国のイメージとは程遠い気がした。しかし、もし本当に死後の世界に近い場所なのだとしたら――

（昨日私を助けてくれた、あの手の主はもしかすると……）

私は開いた手を見つめながら思う。

（少し怖いけれど、今度出雲に来たときは黄泉比良坂《よもつひらさか》にも、寄ってみようかな……）

そのときは、グルメなあの人に気に入ってもらえるような手土産でも下げて。

顔を上げると、車窓からはのどかな景色が窺えた。黄金色の田畑の上には、大きな雲と青空がどこまでも広がっている。

神様は二週間くらい出雲に滞在するので、しばらく家には帰ってこない。

シュンと二人だけの暮らしならば、また静かな日々が戻ってきそうだ。

ほっとする半面、ちょっと寂しさのようなものを感じている自分に気が付く。

（ハチャメチャに見えて、実は私の願いを叶えるために、わざわざ誰かからあの着物を借りて、神様の世界まで連れていってくれたんだよな……）

そんなチャンスを、私のつまらない意地でふいにしてしまって、少し胸が痛んだ。

（神様が家に帰ってきたら、何か美味しいものでも作ってあげよう……）

優しい光の中を走る電車に揺られながら、私はいつの間にか、神様が帰ってきた日の献立に思いを巡らせるのであった。

第七章　そしてまた春がくる

（あんなところに花が咲いている……）

ここ最近、やっと春らしい陽気になってきた。今朝も暖かい日差しが柔らかくたんぽぽに注いでいる。

一年とは早いもので、もう三月も終わりに差しかかっていた。

どこか遠くで小鳥が啼《な》いている。まだ辺りの山々は、春の朝靄に白くまどろんでいた。中学校は春休みに入っており、三年生は先日卒業式を迎えて旅立っていった。

来年は自分のクラスの生徒たちを送り出すことになるのかと思うと、今から寂しい気持ちになってしまう。

（春は出会いと別れの季節だよなぁ……）

奏汰たちもいよいよ今年で三年生になるが、個人的には卒業まで担任として見守りたい。クラス替えもあるので、また担任になれるか分からないのであるが。

春休み中も我々教師は変わらず出勤しており、今朝は何だか気持ちがよさそうだったので、早起きしてジョギングしながら登校することにしたのだ。

(体もちゃんと鍛えて、美帆先生を護れるくらい強い男にならなくては……！)

という謎の使命感もある。まあ、出雲から帰った後も、努力はしているのだが、取り立てて二人の距離が縮まるような出来事はなかった。

ちなみに、神様も一緒にどうですかと朝のジョギングに誘ってはみたが、予想通り断られてしまった。走ったところで神は健康にはならないからだそうだ。確かに、それはそうかもしれない。

まあ、中学校までついてこられても困るので構わないのであるが。

せっかくなので、私はいつも通る坂道とは反対方向に坂を上り、裏山からたんぼを回って登校するルートを走っていた。

距離は長くなるが、町中とは景色が変わり、自然の中を進む道はとても爽やかだった。

柔らかそうな新しい葉が、春の訪れを確かに感じさせる。

走りながら景色を眺めるうちに、私は裏山の奥の方、緑の樹々の中に一点淡いピンク色をしている箇所を見つけた。この道はこれまでも何度も通っているが、花の時期に通るのは今回が初めてだったのかもしれない。

(山桜……かな？)

まるで山の中に小さな雲の切れ端が迷い込んでしまったような、淡く儚い色をしている。あんな山奥に人知れずひっそりと咲く桜があるのだと知り、私は驚きながらもその桜に強く心を惹かれていた。

（とても綺麗だ。なんだか呼ばれている気さえするな……）

気付けば私は、あの桜を一目でいいから近くで見てみたいという気持ちに駆られていた。

その週末、私は杏月堂でみたらし団子と、桃色、白、黄緑の三色花見団子を買ってきた。例の桜を目指して花見に出かける算段だ。

家に戻ると、杏月堂の紙袋に目敏く気が付いた神様が早速近寄ってきた。

「今日のおやつは杏月堂の和菓子か……ふむ、団子じゃな！」

「わざわざ透視しなくても答えますよ……でも、これはお花見団子ですから、桜の下まで行かないと食べられませんよ？」

そう言って私は神様の鼻先から、杏月堂の袋を遠ざける。

「桜の下？」

神様は不思議そうな顔をしたまま、居間に向かう私の後をついてきた。

「実は、裏道をジョギングしているときに、山のずっと奥の方に桜が見えたんです。あの距離で見えたってことは、かなり大きいんじゃないかと思って……ちょっと近くで見てみたくなったんですよね！」

「……そんな遠くまで行かんでも、桜なら公園にも咲いておろう」

神様は明らかに面倒臭そうな顔をした。

「そうですか……じゃあ、お団子はお預けですね」

「うむむ……」

「夏也、どこか出かけるの？」

私が神様に意地悪していると、居間にいたシュンがこちらを見上げて尋ねた。

「うん、裏山にお花見しに行こうと思うんだ。そうだ、シュンも一緒においでよ！　近所に散歩に出るようなものだし、今日のうちに帰ればきっと大丈夫だよ」

「え……でも……」

彼はこれまでずっと「座敷童子が家を去ると不幸になる」という話を恐れて、この家から出ようとしなかった。しかし私は、シュンにもっと外の世界を見せてやりたいと常々思っていたのだ。

「ね、試しに出かけてみよう。何が起きても、私は気にしないから」

私の言葉に、シュンはまだ不安そうな表情をしていたが、やがてこくりと頷いた。

「さて、じゃあお団子は私とシュンで楽しんできますね」

「うぐぐ……仕方ないのう。わしも行くわい！」

こうして私たちは、シュンがこの家に来てから初めて、三人揃って外出することになった。

ふわりと吹いてくる風や、空の表情はすっかり春のそれになっていた。神様は早くお団子を食べたいからか、私たちより数歩先を楽しそうに歩いている。

シュンは庭の中だけでは味わいきれなかった春の里山の様子を興味深そうに眺めながら、私の隣を歩いていた。

どこから飛んできたのか、モンシロチョウもひらひらとついてくる。

あの桜の辺りまで行くには、かなり山奥の方まで入らなくてはならない。

国道から脇に逸れる形で、小道が延びているのを先日見かけたので、私はそこから山中に向かってみようと考えていた。

（軽い散歩のつもりでいたけど、ハイキング並みに歩きそうだな……）

散歩は好きなので歩くこと自体は苦にならないが、体力にはあまり自信がない。

車道を辿っていくと、石柱が並び立つ古道の入り口に着いた。

石柱は土と苔《こけ》に覆われていてよく読めないが、この道の名が彫り込まれているようだ。

辺りの木々も鬱蒼《うっそう》と繁っており、注意して通らなければ見落としてしまうくらい、この道は自然と同化していた。

シュンと私は石柱の文字に興味を持ったが、神様がどんどん先へ進んでしまうので、私たちは慌てて後を追いかける。

「ちょっと～、せっかくなんですから道行きも楽しみましょうよ～！」

「この辺には食べられるもんなんてないじゃろ。つまらん。わしにはお団子が待っておるんじゃ～！」

神様はそう言って、我々を待つことなくずんずんと先へ行ってしまった。

「全くもう……」

石柱から続く道の幅は狭く、辺りの草木は伸び放題で、道の中ほどまで生えてきてしまっている。

この様子からすると、この道はもうあまり使われていないようだ。

私たちは、樹々の葉が触れ合う音と小鳥の鳴き声に導かれ、しばらく木漏れ日の注ぐ山路を歩き続けた。

シュンが小さな花や虫を見つけては、あれは何かと尋ねてくるので、山歩き用のポケット図鑑などを用意しておけばよかったなと思った。

私はそんな風にシュンにばかり気を配っていたが、しばらくして先を歩く神様の様子がいつもと少し違うことに気が付いた。

つい先程までは、お団子を楽しみにウキウキと歩いていたのに、今は何やら妙に真剣な顔付きで静かに歩を進めている。

「どうかしましたか？」

私が走っていって尋ねると、神様はやっと立ち止まって、こちらを振り返った。

「何か、思い出せそうな気がするんじゃ……」

「え……それって、神様が昔いた社のことですか？」

私は驚いた。

（二年間、何の手がかりも掴めなかったことがなぜ今になって突然……）

「この辺りだったってこと？」

シュンも追いついてきて尋ねる。

「そうかもしれん」

神様は言葉少なに頷く。

「もっと先まで行ってみましょう！」

我々は山道をさらに奥へと進んだ。木々は太く大きくなり、先程より太陽の光も届きにくくなっていた。

道はますます自然に還った姿となり、ほとんど獣道と化している。

(この先、道が完全になくなってしまったら、無理に進むと帰れなくなりそうだな……)

何か手がかりが掴めそうな神様には申し訳ないが、私はこの道が途絶えてしまったら、一度引き返そうと思っていた。

加えて、辺りが暗くなってきて気弱になったせいか、私の中で不安な気持ちが生まれつつあった。

シュンもそんな私の様子を悟ったのか、あまり口を開かなくなっていた。

しばらく進むと、土に覆われてはいたものの階段らしき段差が現れた。

先程から山道を歩き通しで堪《こた》えたが、なんとか上まで上りきったところで視界が開ける。

私はすっかり息が切れてしまい、肩で息をしながら辺りを見回した。

そこには、明らかに人の手を加えて作られた空間が広がっていた。

「ここは……」

それまでは大きな木がすぐ目の前に並んでいたが、ここだけはぽっかりと広場のように開けている。

土を被り、雑草が生え広がっている。ただ、足元には砂利らしきものが埋まっていた。

どうやら何かの跡地のようである。道はまだ、さらに奥の方まで続いていた。

シュンは私の隣で様子を見ていた。しかし、神様は見えない糸に引かれるようにとぼとぼと歩き続け、私たちはゆっくりとそれに続いた。

（もしここに神様のお社があったら、やっぱり神様はうちを出て社に帰ってしまうのだろうか？）

実は先程から、私の心の中にはそんな疑問が湧き上がっていた。

（今までだって、神様が帰るために社を探していたんだ。そんなこと、最初から分かっていたじゃないか……）

少し肌寒いくらいの空気の中、わずかな木漏れ日の間を、三人は黙って進んでいく。

辿り着いた場所には、小さな丘のようなところがあった。近づいてよく見ると、朽ち果てた木材が折り重なった物のようだ。

木造の建物が長年手入れもされず風雨に晒されて腐り、自重に耐えかねて倒壊したのだろう。

その状態になってからもかなり時間が経過しているのか、一部は土に還りかけ、朽木から苔や茸が生えていた。

おそらくこれが、神様のお社だったのだ。

丘はそれほど大きくないので、社は本当に小さなものだったのかもしれない。

（ずっとこの場所を探していたんだ……叔父も私も。だったらなぜ今になって……）

私が呆然とそれを見つめていたら、

「いや、それは私の本当の社ではない」

と、神様が後ろから声をかけてきた。振り返ると、神様はふわりと頭上を指し示す。

「これだ。これがわしじゃ」

神様の指差す先にあったもの。

それは、見上げるほどに大きな桜の木だった。山中に見えた、あの儚げな色の桜の木だ。

まだ辺りには霧が残っていたので、上方は虚ろに霞んでいる。桜はそこにこの世のものとは思えないような、白くぼんやりとした花をつけていた。

まさしく御神木に相応しい風格の木だが、あまり生気が感じられない。

太い幹には蔦《つた》が這い、木肌は眠たそうな灰色をしていた。シュンがそっと幹に触れて目を閉じる。

辺りはしんと静まり返り、夢のように霞む桜を私はただ見上げている。

（神様の帰るべき場所をやっと見つけたのに、私は何で素直に喜べないんだろう……）

ここまできて、私はやっと先程から胸のうちを占めていた不安の正体に気が付いた。

今更そんなこと考えてはいけないと、どこかで思っていたのかもしれない。

寂しい。

認めてしまえば、すんなり理解できた。

私は寂しいのだ。この食いしん坊だがどこか憎めない神様と一緒に、あの家で暮らせなくなることが、どうしようもなく寂しいのだ。

私は神様に視線を戻した。

神様は桜を見上げているが、どこか遠くを見つめているような、不思議な目をしていた。

少しだけ風が吹いて、長い髪が揺れる。

「やっと……思い出した……」

神様は目を細めてそう呟くと、桜の大木を見つめたまま、ゆっくりと私たちに語り出した。

◇

それはもう随分と昔のことだ。

村の人々は春になったら、この桜の木のもとに集まって酒宴を開くのが習わしだった。

神様はいつしかこの大きな木に宿り、自分の足元で花見をする人々をいつも楽しく眺めていた。

その料理や酒の美味そうなこと、それを囲んで盛り上がる人々の楽しそうなこと。

「わしは人間たちを見ているのが好きじゃった」

人々もこの桜の木を慕って、春だけでなく夏も秋も村からやって来ては木陰で休んだり、子どもたちは思い思いに周囲で遊び回ったりしていた。

人々はここを訪れるたび、手を合わせ供物を備えていき、桜の木はご神木として村人たちから信仰され、深く愛されていた。

しかしあるときから、人々があまり桜のもとを訪れなくなっていた。

風の便りには、国を挙げての戦《いくさ》が始まり、この田舎にもついにその影響が及びはじめたということだった。

村の男たちは戦に駆り出され、残された者の生活は、日々貧しさを増す一方であった。

男手を失った田畑は荒れ、そんな折に蔓延《まんえん》した流行り病に、体力のない者は次々に倒れていった。

春が訪れても、桜を愛でながら祭りや酒宴を開くような者はいなくなった。

桜を慕う者が減り、神様の力は急速に衰えていった。

しかしあるとき、桜のもとにふらふらと痩せ細った少女がやって来た。身なりはみすぼらしく汚れていたが、瞳にはまだ強い光を宿している。

神様は少女に見覚えがあった。

彼女に初めて会ったのは、少女がやっと自分の足で立てるようになった頃。まだおぼつかない足取りで、彼女は両親とともに桜祭りにやって来ていた。

父親は村の男たちと酒を飲み、母親が男たちの酒と料理の相手をしている間に、彼女は一人、酒宴を抜け出してしまった。

神様は祭の間、人間に姿を変えて酒宴に紛れ、村人とともに酒とご馳走を楽しんでいたが、一人でふらふらと歩いていく彼女の姿に気が付いた。

神様は席を離れ、少女の後を追った。

人混みをすり抜けていくと、少女は大きな桜の木の根元で不思議そうな顔をして花を見上げていた。

やがて紅葉のように小さな手を精一杯広げて腕を伸ばしはじめる。ひらひらと舞い落ちる花びらを捕まえるのが、どうやら面白いらしかった。

少女の楽しげな様子を見ていた神様は、自分も一緒に遊んでやろうと彼女のもとに歩み寄った。

彼女はその姿に気が付いて、花びらを追いかける腕を降ろしまっすぐに神様を見つめた。

そしてぱちくりと瞬きをし、たどたどしく、

「かみさま」

と言った。

ひらひらと、二人の間に花びらが落ちてくる。

「やあ、お前さんには暴露《ばれ》てしまったようだ。大人たちには内緒じゃよ?」

神様が口元に指を立てると、少女はこくりと頷いた。

それから彼女は、桜の木のもとへ度々遊びに来るようになった。

彼女はすくすくと成長し、戦が激しくなるまでは、桜の木のもとによく姿を見せていたのだった。

しかし、久しぶりに会った少女の姿は、あまりにも痛々しいものであった。

彼女は小さな手に持っていた一握りの穀物を神様に捧げて、擦り傷だらけの手を合わせる。

彼女にはボロを纏った小さな体とその命以外に、もう何も残されていなかった。

少女は桜に、母の病を治してほしいと祈った。彼女にとって母親は、残された最後の家族であるらしかった。

しかし彼女の祈りを透して見た母の姿は、床に静かに横たわり、既に息がないように見え

た。神様はさらに、彼女の意識に深く入り込んでいく。

貧しく小さな家が見えた。父が戦に行き、祖母と弟は病で死んだ。

そんなときでも母は彼女を励まし、決して取り乱したりしなかった。

彼女が夜中に、ふと眠りから覚めると、母が一人部屋の隅で泣いていることがあった。

自分が起きているときには、決して涙を見せなかった母が、髪を振り乱して泣いていた。

その光景のすべてが、この小さな少女の瞳に映った出来事なのであった。神であっても何をすることもできない自分が歯痒《はがゆ》かった。

「わしは争いが嫌いじゃ。争い合う人間を見ているのも嫌いじゃ……」

神様は桜を見上げたまま呟いた。

「もう人里に降りても面白くないし、力を失いつつあったわしに、できることはあまりないだろうと分かってはいた」

神様の長い癖っ毛が風にそよぐ。白く光る銀色の長い髪は、ちょうど風に揺れる山桜の花のようだった。

必死に祈りを捧げる少女の前に、神様はそっと降り立った。

少女が顔を上げると、目の前にはあの祭の日に出会ったときと同じ姿の神様が立っていた。

「放ってはおけなかった。あの子はわしを信じてくれる最後の人間じゃったからのぅ」

神様は懐かしそうに目を細める。

その後、神様は彼女について山を降りた。彼女の目を透して見た通り、村は酷く荒れ果てていた。

彼女の家に入ると、息絶えた母親が薄い布団に横たわっていた。

娘はそんな母親の額を撫でながら、神様が来てくれたからもう大丈夫だと励ましている。

神様にはかける言葉が見つからなかった。もう目覚めることのない母を見守り続ける少女のそばに、ただただ立ち尽くしていた。

数日後、近所の者が母の死に気付いた。母の遺体は他の者の遺体とともに焼かれて村外れに埋葬された。

遺体を焼く炎は赤く爆《は》ぜていた。辺りを包む夕焼けとの境が分からないほど真っ赤だった。

森と、空を渡る鴉《からす》の影だけが真っ黒に浮かび、焦げ臭いにおいが鼻をついた。

日が沈み炎が消えるまで、娘は黙ってそれを見つめていた。

このときから、娘の目には神様の姿が映らなくなっていた。

娘はその後、同じように家族を失った村人とともに何とか食い繋ぎ、這いつくばるように生きた。

何もかもを失って、耐えがたい空腹と孤独に襲われて、それでもこの世にしがみつく理由があるのかと、深い絶望に襲われることもあった。

いっそ死にたいと思ってしまうことも何度もあった。

でもそのたびに、先に逝った者たちのためにも、精一杯生きなくてはならないと思い直した。

苦しみながらも生きることは、残された自分に課せられた義務なのだと。

彼女にはその姿はもう見えなくなってしまっていたが、精一杯生きて成長していく少女を、神様はずっと見守り続けていた。

神様自身も、自分を信じてもらえる人間がいなくなり、ほとんど存在が消えかけている状態だった。

やがて戦が終わり、娘は町の旅籠《はたご》に奉公に出た。交通の要所となっていたその町では、少しずつ人の出入りが増えてきていた。

ちょうど働き手を探していた旅籠の主人は、娘の生い立ちに同情し、快く彼女を引き取ってくれた。

毎日休みなく働き詰めで、寝る時間もほとんどなかったが、住み込みで食事も出ることは、彼女にとって何よりありがたかった。

村では今日の分の食事さえ、口にできるか分からない毎日だったのだ。

旅籠で客人に振る舞われる料理は、決して豪勢ではないものの、地元の季節の産物を取り入れた滋味溢れる料理だった。

旅籠に泊まった人々は、みな美味い食事と温かい寝床に癒されて、各地へと旅立った。

神様は久しぶりに、人間の拵《こしら》えた料理を眺めることができて嬉しかった。

彼女は調理場でも、厳しい指導を受けながら働いた。そもそもこんなにたくさんの食材に触れる機会がなかったので分からないことばかりであった。だが、元々器用なところのある娘は、すぐに仕事を呑み込んで、次第にその味覚と技術は研ぎ澄まされていった。

娘は何年もこの旅籠で働き、そのひたむきな姿に、いつしか主人からの篤い信頼を得ていた。

やがて娘が年頃になると、主人が知人を当たって嫁入り先を紹介してくれた。

娘は、行く当てのない自分を拾ってくれた主人への恩返しのためにも、この旅籠で一生奉公させてほしいと訴えた。

よく働く彼女を手放すことは、旅籠にとっても痛手であったが、しかし主人は、彼女に幸せな家庭をもう一度取り戻してほしいと、優しく娘を送り出したのであった。

娘は嫁ぎ先で、夫とその両親とともに暮らし、子を生み、また家族を手に入れることができた。

天涯孤独の身から、再びこうして温かい家庭を築くことができて、娘は本当に幸せだった。旅籠の調理場で鍛えた彼女の料理の腕前は確かなものであったから、彼女は夫の協力を得て村で小料理屋を開き、瞬く間に評判となった。村の外からも客が絶え間なくやって来るようになり、その料理を口にする者はみな笑顔になった。

神様はその美味しい料理をつまみ食いしながら、新しい家族と楽しそうに笑う彼女の姿を眺めるのが最高に幸せだった。

春の彼岸を少し過ぎたある日、彼女は夫に、墓参りに行かせてほしいと頼んだ。彼女が村を出てから、もう十年以上も経っていた。夫は快く承諾し、彼女は美味そうな弁当を拵えて出かけていった。

神様は弁当目当てに彼女の後を追い、かつて過ごした村へとついていった。

村には昼過ぎには着いた。

家も人もかなり減ってしまっていたが、田畑はしっかり耕されて、村はまたのどかな風景を取り戻していた。よく晴れた空から注ぐ日差しを受けて、水路の水がキラキラと光っている。

娘はまっすぐ村外れの共同墓地へと向かい、墓前でそっと手を合わせた。神様はその静かな横顔を黙って見つめていた。

昼もだいぶ過ぎていたが、墓参りが終わっても、娘はまだ弁当に手を付けようとしなかった。神様は早く弁当をつまみたかったが、村を横切って裏山の方へと向かってしまった彼女の後を、渋々追いかける。

娘は、入り口に石柱が並んだ小道に入ってさらに森の奥へと向かう。

昼間でも薄暗く感じるほど、木々は鬱蒼と繁っていた。ひんやりとした風がどこからか吹いてくる。

そして神様は気が付いた。彼女が一体どこに向かっているのかを。

その白く霧のように淡い花は、娘が幼かった頃から何も変わってはいなかった。

彼女は大きな桜の木に向かって深々と頭を下げると、手を合わせて祈った。

「霞桜様、私のことをずっと見守ってくださってありがとうございました。今の私の目には神様のお姿はもう見えませんが、神様がずっとおそばにいてくださっていると、いつも感じていました。私が今こうして幸せに暮らしていけるのは神様のおかげです」

そう言って娘はまた頭を下げた。

彼女は神様を恨んでいたわけではなかった。辛い現実に失望して、神を信じる心をすっかり失ってしまったわけでもなかった。

だから神様は、たった一人でも自分を信じてくれる人間がいたから、この世界から消えずに存在し続けることができたのだった。

（何をすることもできなかったのに、ただ見つめていることしかできなかったのに……）

「神様は本当に食いしん坊でいらっしゃいましたよね」

彼女は持ってきた弁当を広げて、お供えの分を桜の木に捧げると、自分の弁当も取り出して、桜の根元に座って食べはじめた。

誰も来なくなったこの場所で、あの日のようにまた一緒に美味しいご飯を食べてくれる人がいる。

神様は弁当を頬張った。

その味が、他の何よりも美味かったことは言うまでもない。

◇

雨戸を開けると、暖かい日の光が降り注いだ。絶好のお花見日和だ。

今日は昼から、奏汰も誘って花見をする約束をしていた。

シュンが行きたいと言ったのだ。初めて外へ出たあの日は、家に帰ってからも特に問題なく過ごせたので、シュンはまた外に出かけたいととても楽しみにしていた。

そんなシュンの姿につい張り切ってしまった私は、朝から早起きして弁当を拵えていた。どれも叔父のレシピを参考にしたものだ。

おかずには出汁巻き玉子と、鶏の竜田揚げ、野菜はミニトマトに、柔らかい春のアスパラガスを茹でたものと、隣のおばちゃんに分けてもらったブロッコリーも茹でた。どちらも青々として綺麗に茹で上がった。

これらにかけるドレッシングには、ブラックペッパーとレモン、その他みりんや旨味調味料を合わせたものを作り、硝子瓶に詰めて持っていくことにした。

「いい匂いがするね」

鶏を揚げていると、シュンが居間からやって来た。

「ふふん。護堂家謹製の特製花見弁当だからね！」

私は得意になって菜箸を握り締めたまま胸を張る。何だか誰かもよくこんなポーズをしていた気がする。

「俺も手伝いたい！」

シュンは調理台に並ぶおかずをワクワクした表情で覗き込んだ。

「よし、じゃあこれを詰めてくれる？」

私はタッパーをシュンに渡すと、残りの鶏を油に落とした。細かな泡が立ち上る。

シュンは楽しそうにおかずを詰めている。生姜醤油の香ばしい香りに包まれながら、私は何だか自分の子どもと料理をしているような気がして、少しだけ幸せな気分になってしまった。

（神様が家事を手伝ってくれたことは一度もなかったけど、その分誰よりも美味しそうに私の料理を食べてくれるんだよな……）

あの日、神様は自分の本当の姿と居場所を思い出した。

神様の意外な過去に、私もシュンも驚いて、しばらく言葉を失ってしまった。

霞桜朧月神《かすみざくらおぼろつきのかみ》。

神様の本当の名前を、私はやっと知ることができた。私は彼の名前も知らないでずっと一緒に暮らしてきたのだ。

（あの今にも壊れそうな、だけど他にどこにもない叔父の家で……）

これまでの様々な思い出が蘇《よみがえ》り、私はまた寂しくなった。

神様と妖怪たちと過ごした不思議な、それでいて楽しい毎日は、私にとって既にかけがえのないものとなっていた。

こんな食いしん坊でだらしない神様でも、一緒に暮らす間に私にたくさんのものを与えてくれていたのだ。それに気付いたのもあのときだった。

あれから私は、二つの大切なことに正面から向き合ってみることにした。

一つは、長年の夢だった作家への道。彼と暮らしてからはバタバタしっぱなしでロクに原稿と向き合えていなかったが、今回のことがあって私はようやく思い至ったのだ。

神様と過ごしたこの二年間の出来事を物語にしてはどうかと。

それに気が付いてからは、一気に筆が進んだ。物語はもうほとんど仕上がっていて、後はタイトルを考えるくらいだった。

そしてもう一つは、ずっと燻《くすぶ》らせていた恋心。強く望んでいながらも、手を伸ばそうとしていなかったのは自分自身だと、出雲の一件で神様が気付かせてくれた。

それから自分なりに行動にも移してはみたが、微々たる努力ではこの恋が成就するのにいつまでかかるか分からない。

だから私は、今回勇気を出して大きく一歩踏み出してみた。上手くいくかは分からない。

だけど、自分から進んでみなきゃならないと、私はそう決めたのだ。

大切なものたちは、いつまでも手の届く場所にいてくれるとは限らないのだから。

「神様は……この場所に残るんですか？」

私は花を見上げたままの神様に問いかける。

柔らかい風が、花のように白い神様の癖っ毛をまたふわりと揺らした。

神様はゆっくりとこちらを向いた――


竜田揚げは上手く揚がった。きちんと水気を切って、片栗粉の付け方や油の温度を叔父のレシピ通りにしたことがよかったらしい。表面に綺麗な白い華を咲かせることができた。

玉子焼きや野菜はシュンが綺麗に詰めてくれた。タッパーの中が春らしく明るい彩りになってわくわくする。神様じゃないけれど、早く食べたくなってきた。

「シュン、あんまり頑張って疲れない？」

私はまだ箸を握っているシュンに話しかける。

人間界のものに触れるのは疲れるから嫌だと、神様は以前そんなことを言っていた。彼はお菓子を隠してある茶簞笥であれば、いつでも開けてしまっていたが。

シュンはこちらを振り向いて笑った。

「大丈夫だよ。俺たち座敷童子は、結構こっちのものを動かしたり、悪戯するのが得意な方だから」

「悪戯されるのは困るなぁ」

私も笑いながら、炊飯器の蓋を開ける。出汁のいい香りがした。あさりと春の筍《たけのこ》を炊き込みご飯にしたのだ。これをお握りにして持っていく。

こちらも叔父のレシピである。初めて挑戦したが、綺麗に炊けていてほっとした。

「俺もお握り作ってみたい」

シュンが箸を置いて寄ってくる。

「うん。じゃあ一緒にやろうか」

手を洗って、シュンとおにぎりを握りながら考えていると、台所の入り口から声が聞こえてきた――

「おお～美味そうな香りじゃ～！　今日はどんな弁当にしたんじゃ？」

ひょっこり神様が顔を覗かせる。

「向こうに着くまで秘密です。今見たら絶対つまみ食いしますからね」

「なんじゃ見るだけじゃよ～。ケチ～！」

そんな大人げないやり取りを見て、シュンが笑った。

私はお弁当を守ろうと手を広げたが、神様は身を乗り出して、玉子焼きをひとつ口に運ぶ。

「本当に、わしの大好きな懐かしい味じゃ」

そう言うと、神様は目を細めて、誰かを想うようにやさしく微笑んだ。

あの日、神様のお社が見つかってからも、私たちはいつもとなんら変わりない日々を続けていた。

「お前の作る飯は、結構美味いぞ」

神様は真顔でそう言った。

「え？」

「だから、わしゃこんなところには戻らん。誰も来ない山奥にいても、美味しいものが食べられんじゃないか。さあ、早く団子を食って家に帰るぞ」

あのとき、神様が桜の木に帰ってしまうのではないかと、少しでも心配した私の気持ちは何だったのか。それくらいきっぱりと、神様は言い放ったのであった。

娘と一緒に桜の木に戻った際も、神様は社には残らず、彼女について村へ帰り、そのささやかだが幸せな暮らしを最後まで見届けていた。

神様の姿が見える人間は少なかったが、彼はそれからも人間のそばで過ごすことを選び、町や村を転々としていたのであった。

様々な人間や料理と出会い、そして、いずれ私の叔父とも出会うことになる。

神様は長く人里で暮らすようになって、神としての力は弱まり、やがて記憶も朧《おぼろ》げになっていった。

それでも人間とともに暮らし、一緒に美味しいごはんを食べることだけは、ずっと愛してやまなかったのである。

（うちの神様らしい選択だな……）

拍子抜けではあったけれど、私を奮い立たせるきっかけにはなったたし、何よりまた一緒に暮らすことができて、私は心底ほっとしていた。

時計が十二時を指す。もう奏汰が訪ねてくる時間だ。後は弁当を包めばすぐに出かけられる。

そう思った途端、玄関の呼び鈴が鳴った。さすが、真面目な奏汰は時間ちょうどにやって来る。

「はーい！　今行くよー！」

私はエプロン姿のまま、玄関に迎えに出た。ガラリと引き戸を開けると、ふわりと春の花のような良い香りがした。

「こんにちは……あの、本当に私もご一緒してよろしいんでしょうか？」

背後から差し込む日差しが逆光になり、一瞬それが誰なのか分からなかった。

そして、その正体を察したとき、私は自分の踏み出した一歩が、着実に彼女に向かって前進できたのだと知って安堵した。

「すみません先生。姉までお誘いいただいて……先生のお弁当が食べられるって、姉もすっごく喜んでましたよ！」

「そ、奏汰！」

その人の後ろから、奏汰がひょっこり顔を出して言った。

段々と目が明るさに慣れてきた。

その人の優しい笑顔も、柔らかそうな長い髪も、私はよく知っていた。

日の光に目は慣れたはずなのに、私の視界はまだ眩しかった。

「あ、いえその……美帆先生も来てくださって、私も嬉しいです……」

私はまごつきつつも正直に答えた。

廊下から神様とシュンが顔を覗かせニヤニヤとしている。

私は奏汰を花見に誘う際、是非お姉さんも一緒にと付け加えたのだ。私の最初の勇気はたったそれだけのことだった。

（で、でも自分で呼んでおきながら、何を話せばいいのかさっぱり分からない……！）

私が冷や汗をかいてその場で固まっていると、美帆先生はくすりと笑って、

「エプロン姿お似合いですね。弟から聞きましたが、お弁当をご用意いただいているとか……。実は私も少し用意してきました。ご迷惑でなければ是非召し上がってください」

と、抱えていた桃色の風呂敷包みを持ち上げる。

美帆先生が来てくださるだけでなく、お弁当まで作っていただけるなんて、私の今年の運は、春先にもかかわらずいっぺんに使い切ってしまったようだ。

「め、迷惑なんてとんでもない！　ありがとうございます！　すみません、すぐ用意してきますので！」

私はふわふわした高揚感に包まれて台所に戻ると、すぐに弁当を風呂敷で包んだ。

しかし、浮かれてばかりもいられない。神様とシュンのことがある。

（もし美帆先生に二人の姿が見えなかったら……奏汰と私にしか、彼らの姿が見えないとしたら、一体どうやって説明しようか……）

正直、今回そこまでの想定はできていなかった。やはり勢いで美帆先生を誘ってしまったのは、勇気ではなく無謀であったか。

ふと、先程から台所に置きっ放しにしていた叔父の手帳が目に入った。

そういえば、これまで色々なことがあったけれど、叔父の料理はいつだって自分を助けてくれた。

(叔父さんはこんなとき、どうしていたんだろう……)

当時、神様が見えたのは、おそらく叔父だけだったはずだ。叔父はこの秘密を一人で抱えて、どうやって過ごしてきたのだろう。

何となく手に取った手帳を開くと、落書きやメモで埋まったページが出てきた。そこには食材の知識、調理の手法についての気付きなど、断片的な言葉が無造作に書き連ねてある。

そんな言葉の一つが、ふと目に留まった。

上手い言い訳はやっぱり見つからなかった。だけど私は、その言葉を見たらなんだか段々と全て上手くいく気がしてきた。

覚悟してエプロンを脱ぎ捨てると、弁当と手帳をリュックに詰め、玄関へと向かう。

神様とシュンは、やはり既に二人の前に立っていた。私は祈るような気持ちでその場に踏み出す。

「あなたがシュン君ね。弟と遊んでくれてありがとう」

「姉さん、それじゃ僕たちまるで小学生みたいじゃないか」

美帆先生も奏汰も笑っている。シュンはちょっと照れているようだったが、楽しそうに微笑んでいた。神様は私に気付いて振り返ると、手招きして言った。

「何しとるんじゃ、待たせおって。早く行くぞ」

(どうやら美帆先生にも見えているみたいだ……)

大きな混乱なく馴染《なじ》んでいる様子を見て、ひとまず安心した私はスニーカーを履いて外へ出た。

外の世界は、もう初夏のような眩しい日差しに溢れている。

こんな天気の日は、この家に越してきたあの日のことを思い出す。

あのときの私は、こんな日がくるなんて想像できやしなかった。

この家で神様やシュンと出会ったことも、中学校で美帆先生や奏汰に出会ったことも、色々な神様や妖怪たちと怒ったり笑ったりしたことも、全部が不思議に繋がり合って今の自分を作っていた。

一瞬一瞬の選択が、今の自分を作り上げている。

「誰かと食べる飯が一番美味い」

叔父のメモ書きにはそうあった。

叔父は決して孤独ではなかったのだ。

神様と過ごした日々は、叔父にとって確かに幸福な時間であった。

それに気付いたら、何だか大丈夫な気がしてきたのだ。

おそらくこれから、神様やシュンのことを二人に説明したり、お弁当が減らないのをごまかしたり、ややこしい場面がたくさんあるだろう。

それでも、こんなに楽しくてわくわくするお花見は初めてだった。

(今日のお弁当は、なんたって会心のできだから、みんな絶対喜んでくれるぞ)

そう思ったら、一刻も早くみんなでお弁当を食べたくなってきた。

「お待たせしました。じゃあ行きましょうか」

人間も妖怪も神様も関係ない。

とびきり美味しいお弁当を抱えて、私たちはあの大きな霞桜を目指して歩き出した。

桜に到着したら、神様は誰よりも早くお弁当に手を出すに違いない。

そのとき、私の頭にある言葉が閃いた。

(うん、やっぱりこれしかないな……)

書きかけの物語の第一章にとてもふさわしいタイトル。それは——

「食いしん坊の神様」

未央《みお》は、古民家に住んでいる新人BL《ボーイズラブ》漫画家。彼女は、あやかしである白狐《びゃっこ》と同居している。この白狐、驚いたことにBLが好きで、ノリノリで未央の仕事を手伝っていた。そんなある日、未央は新担当編集である小鳥遊《たかなし》と出会う。イケメンだが霊感体質であやかしに取り憑かれやすい彼のことを未央は意識するように……そこに白狐が、ちょっかいをいれてくるようになって——!?

◉定価：本体660円+税　◉ISBN:978-4-434-28558-5

◉Illustration：カズアキ

迦国あやかし後宮譚
シアノ
皇帝が選んだのはあやかし憑きの少女!?

晴明さんちの不憫な大家 1~3

せいめいさんちのふびんなおおや

著 烏丸紫明
karasuma shimei

祖父から引き継いだ一坪の土地は――

幽世《かくりよ》へとつながる不思議な扉でした

やたらとろくな目にあわない『不憫属性』の青年、吉祥真備《きちじょうまきび》。彼は亡き祖父から『一坪』の土地を引き継いだ。実は、この土地は幽世《かくりよ》へとつながる扉。その先には、かの天才陰陽師・安倍晴明《あべのせいめい》が遺した広大な寝殿造の屋敷と、数多くの“神”と“あやかし”が住んでいた。なりゆきのまま、真備はその屋敷の“大家”にもさせられてしまう。逃げようにもドＳな神・太常《たいじょう》に逃げ道を塞がれてしまった彼は、渋々あやかしたちと関わっていくことになる――

◎各定価：本体640円+税（1・2巻）本体660円+税（3巻）

©illustration：くろでこ

東京税関調査部、西洋あやかし担当はこちらです。
視えない子犬との暮らし方
人とあやかしの絆は国境だって越える!?
アルファポリス 第3回キャラ文芸大賞
大賞
受賞作
ギリシャへ旅行に行ってからというもの、不運続きのアラサー女子・蛍《ほたる》。職も恋人も失い辛～い日々を送っていた彼女のもとに、ある日、税関職員を名乗る青年が現れる。彼曰く、蛍がツイていないのは旅行先であやかしが憑いたせいなのだとか……
まさかと思う蛍だったけれど、以来、彼女も自分に憑くケルベロスの子犬や、その他のあやかしが視えるように！　それをきっかけに、蛍は税関のとある部署に再就職が決まる。
それはなんと、海外からやってくるあやかし対応専門部署で!?
飛野猶
東京税関調査部、西洋あやかし担当はこちらです。
人とあやかしの絆は国境だって越える!?
アルファポリス文庫
◎定価：本体640円+税　◎ISBN:978-4-434-28251-5
◎Illustration：伏見おもち

大学入学を控え、亡き祖母の暮らしていた尾道へ引っ越してきた野《の》一《い》色《しき》彩梅《あやめ》。ひょんなことから彼女は、とある神社の奥にあるレストランを訪れる。店主の神威《かむい》はなんと神様の力を持ち、人やあやかしの探す思い出にまつわる料理を再現できるという。彼は彩梅が抱える『不幸体質』の正体を見抜き、ある料理を出す。それは、彩梅自身も忘れてしまっていた、祖母との思い出のメニューだった——
不思議な縁が織りなす、美味しい『探しもの』の物語。

◉定価：本体660円＋税　◉ISBN:978-4-434-28250-8

◉Illustration：ショウイチ

この作品に対する皆様のご意見・ご感想をお待ちしております。

おハガキ・お手紙は以下の宛先にお送りください。

【宛先】

〒150-6008 東京都渋谷区恵比寿 4-20-3 恵比寿ｶﾞｰﾃﾞﾝﾌﾟﾚｲｽﾀﾜｰ 8F
（株）アルファポリス　書籍感想係

メールフォームでのご意見・ご感想は右のＱＲコードから、
あるいは以下のワードで検索をかけてください。

アルファポリス　書籍の感想　検索

ご感想はこちらから

アルファポリス文庫

護堂先生《ごどうせんせい》と神様《かみさま》のごはん

栗槙ひので（くりまきひので）

2021年 2月28日初版発行

編集－加藤純
編集長－太田鉄平
発行者－梶本雄介
発行所－株式会社アルファポリス
〒150-6008東京都渋谷区恵比寿4-20-3恵比寿ｶﾞｰﾃﾞﾝﾌﾟﾚｲｽﾀﾜｰ8F
TEL 03-6277-1601（営業） 03-6277-1602（編集）
URL https://www.alphapolis.co.jp/
発売元－株式会社星雲社（共同出版社・流通責任出版社）
〒112-0005東京都文京区水道1-3-30
TEL 03-3868-3275
装丁イラスト－甲斐千鶴
装丁－AFTERGLOW
印刷－中央精版印刷株式会社

価格はカバーに表示されてあります。

落丁乱丁の場合はアルファポリスまでご連絡ください。

送料は小社負担でお取り替えします。


ISBN978-4-434-28002-3 C0193